이 책을 재미있게 읽을
나의 소중한 친구

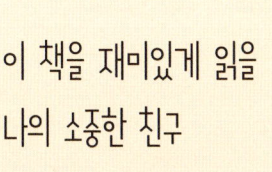

에게

요술 연필 페니 3 방송국의 수상한 그림자

초판 1쇄 발행 2022년 4월 15일

글쓴이 에일린 오헬리 | **그린이** 니키 펠란 | **옮긴이** 신혜경
펴낸이 홍성우 | **책임 편집** 김희전 | **디자인** 씨오디 color of dream
펴낸곳 기린미디어 | **등록** 2016년 4월 26일 제 409-2016-000009호
제조국 대한민국 | **주소** 경기도 김포시 모담공원로 17 | **사용연령** 8세 이상
전화 0505-302-2381 | **팩스** 0505-300-2381 | **전자우편** girinmedia@daum.net

ISBN 979-11-91142-46-4 74840
　　　979-11-91142-43-3 (세트)

Penny the Star
Text copyright ⓒ Eileen O'Hely
Illustrations copyright ⓒ Nicky Phelan
First published in the Ireland in 2007 by Mercier Press
All rights reserved.
Korean translation copyright ⓒ 2022 by GIRIN MEDIA
This Korean edition published by arrangement with Mercier Press, Ireland, through
EntersKorea Co., Ltd., Seoul, Korea.

*책값은 뒤표지에 표시되어 있습니다.
*파본이나 잘못된 책은 구입하신 곳에서 바꿔드립니다.
*종이에 베이거나 긁히지 않도록 조심하세요. 책 모서리가 날카로우니 던지거나 떨어뜨리지 마세요.

③ 방송국의 수상한 그림자

요술 연필 페니

에일린 오헬리 글 · 니키 펠란 그림 · 신혜경 옮김

기린미디어

차례

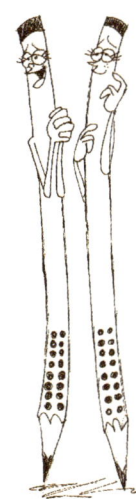

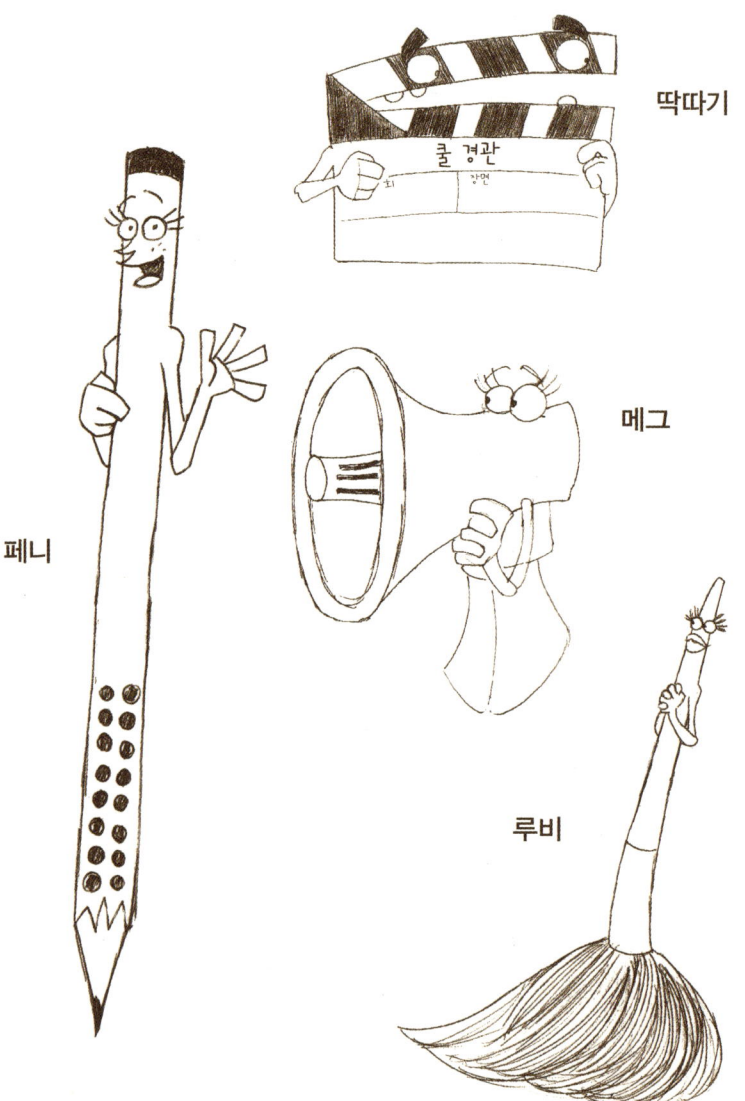

딱따기

메그

페니

루비

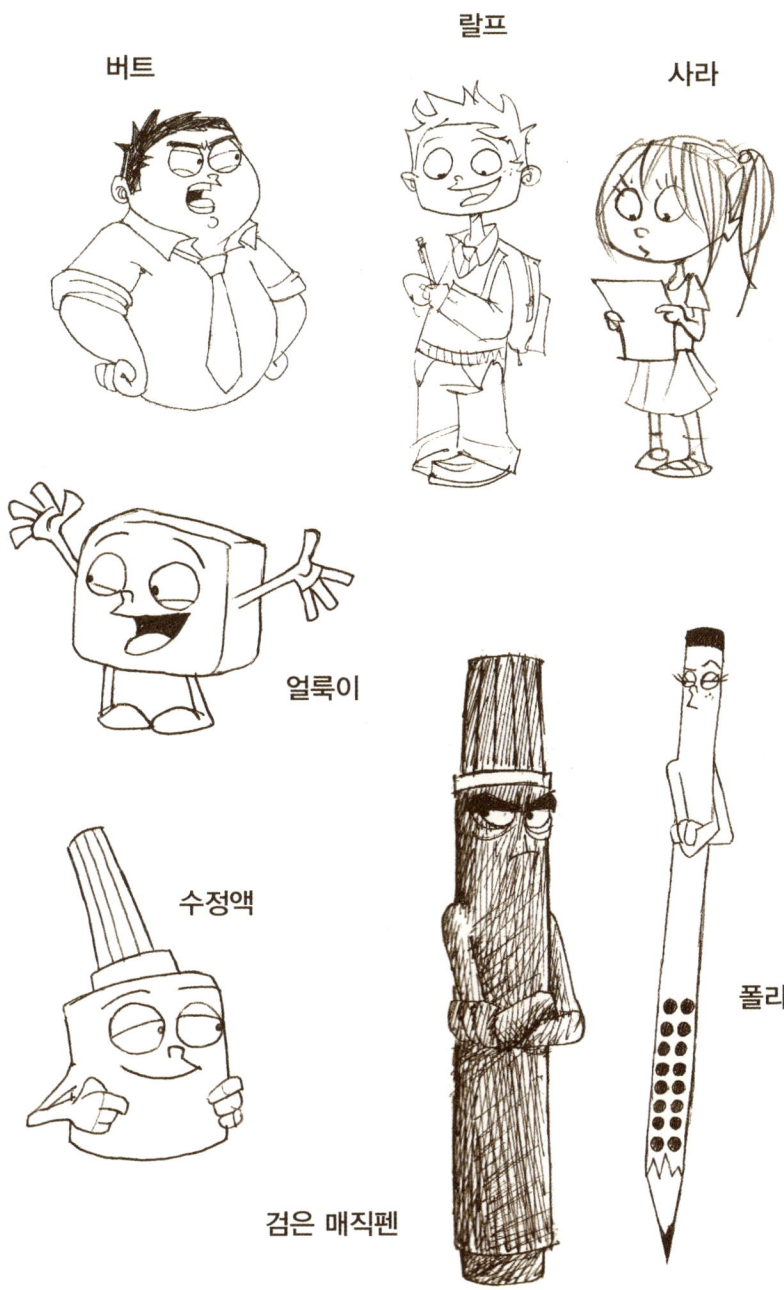

버트

랄프

사라

얼룩이

수정액

검은 매직펜

폴리

멈과 패티에게
이 책을 바칩니다.

1

쿨 경관

책가방 안에 특별한 필통이 들어 있었다. 그리고 그 필통 속에는 연필, 지우개, 수정액을 비롯해 온갖 필기구들이 서로 뒤엉킨 채 심하게 흔들리고 있었다.

"도오대체 무우슨 이일이지?"

맥이 물었다. 반짝이는 빨간 샤프 맥은 아무래도 멀미가 나는 모양이었다.

"내 새앵각에는 라알프가 뛰이고 있는 것 같아."

어지러움에 지친 페니가 대답했다.

"왜애?"

"아마 느읏은 모오양이야."

대답을 하던 페니가 떼굴떼굴 굴러 수정액을 툭 쳤다.

"미이안해, 수정액."

페니가 얼른 사과했다.

"괘앤찮아, 페에니. 그나저나, 라알프가 얼른 도착하아면 좋겠어!"

수정액이 말하는 순간 '쿵' 소리가 나면서 필통 안에 들어 있던 필기구들이 모두 한쪽으로 쏠렸다.

"아야!"

작은 지우개가 비명을 질렀다. 배를 콕 찌른 페니의 뾰족한 발톱 때문에 숨을 쉴 수 없었다.

"미안해, 얼룩이야!"

페니가 서둘러 지우개의 배꼽에 박힌 발톱을 빼내면서 말했다.

한쪽으로 쏠려 있던 필기구들이 갑갑해서 더는 견딜 수 없었는지 조금씩 몸을 움직이기 시작했다. 이제 좀 편안해지는가 싶었는데, 갑자기 필통 가운데가 꽉 눌리면서 공중으로 붕 떠올랐다.

"아아아아아아악……!"

놀란 필기구들이 동시에 고함을 질렀다.

'드드득' 요란한 소리와 함께 필통 지퍼가 열리고, 눈부신 빛이 필통 안으로 쏟아졌다. 그리고 주근깨 가득 통통한 손이 불쑥 들어오더니 연필들 사이를 휘젓기 시작했다. 이때 페니가 통통한 손을 향해 떼굴떼굴 굴러가자 그 통통한 손은 엄지손가락과 집게손가락으로 페니를 감싸서 필통 밖으로 나가 버렸다.

페니는 주변을 둘러보았다. 거실이 틀림없었다. 주인 랄프가 식탁에 앉아 책가방에서 책과 공책을 꺼내는 것으로 보아 숙제를 할 모양이었다. 랄프 옆에는 단짝 사라가 앉아 있었다. 사라는 벌써부터 페니와 똑 닮은 연필 폴리를 손에 쥐고 숙제를 하고 있었다. 폴리는 주인 사라의 손에 이끌려 공책 아래위를 가로지르며 쉴 새 없이 뭔가를 적었다.

가방에서 꺼낸 책들을 정리하고 나서 드디어 랄프도 글씨를 쓰기 시작했다. 하지만 사라만큼 빠르게 써 내려가지는 못했다. 페니에게 이것은 좋은 신호였다. 랄프가 글씨를 천천히 쓰면 그만큼 글씨체에 신경 쓸 시간이 많아지고, 교실 안이나 랄프가 있는 곳을 잘 살필 수 있다는 뜻이니까. 오늘 두 사람은 사라의 집에 있었다. 그래서인지 랄프가 유난히 또박또박 글씨를 쓰는 것 같았다.

페니가 랄프를 쳐다봤다. 랄프는 숙제에 집중하지 못하고 벽난로 위에 놓인 시계를 연신 힐끔거리고 있었다. 시곗바늘이 네 시 정각에 가까워질수록 랄프가 숙제하는 시간은 짧아지고, 시계를 뚫어져라 바라보는 시간이 길어졌다.

네 시 이 분 전이 되자, 랄프는 도저히 참지 못하고 사라의 옷소매를 당기며 다급히 불렀다.

"사라!"

"아직 안 돼, 랄프. 방해하지 마. 너 때문에 집중을 할 수
가 없잖아."

사라가 하던 숙제를 마저 하며 랄프에게 한마디 했다.

그때 사라 할머니가 시원한 오렌지 주스와 갓 구워 낸 케
이크를 가져다주었다.

"너희들, 아주 열심히 하는구나. 좀 쉬었다 하지 그러니?

잠깐 텔레비전을 보든가. 벌써 네 시인데, 재미있는 프로 안 하나?"

할머니가 텔레비전 앞에 있는 작은 탁자 위에 간식이 든 쟁반을 내려놓으며 말했다.

마침내 사라가 공책에서 눈을 떼더니 깜짝 놀란 얼굴로 입을 열었다.

"벌써 네 시예요? 랄프, 너 왜 말 안 했어? '쿨 경관' 할 시간이잖아!"

사라는 벌떡 일어나 텔레비전 앞으로 달려갔다. 잠시 망설이던 랄프도 공책 위에다 페니를 던져 놓더니 사라 옆으로 뛰어가 나란히 앉아서 텔레비전을 보기 시작했다.

페니는 공책 가장자리 너머로 조심스럽게 고개를 들었다. 그러자 텔레비전 화면이 눈에 들어왔다. 사라의 연필 폴리와 랄프의 필통 속 필기구들도 힘껏 몸을 굴려 하나둘 페니 옆으로 모여들었다.

랄프의 두꺼운 붉은색 사전이 뭔가 못마땅한 듯 투덜거렸다.

"요즘 애들은 텔레비전만 보고 싶어 한다니까. 저 바보상자 대신 좋은 책을 읽는 게 아이들 교육에 훨씬 더 좋은데 말이지!"

맞장구라도 쳐 주길 바라며 사전이 랄프와 사라의 필기구들을 향해 고개를 돌렸지만, 필기구들의 눈은 모두 한곳을 향하고 있었다. 마치 누군가 보이지 않는 끈으로 이들의 눈을 텔레비전에 묶어 놓은 것 같았다. 사전은 고개를 절레절레 흔들고는 텔레비전을 쳐다봤다. 도대체 모두들 왜 저렇게 호들갑을 떨고 있는지 알아볼 요량이었다.

주제가가 울려 퍼지면서 '쿨 경관'이라는 제목이 텔레비전 화면 가득 나타났다.

"이게 무슨 프로야?"

도무지 영문을 모르겠다는 듯 사전이 물었다.

"그야 물론 '쿨 경관'이죠, 사전 할아버지."

폴리가 건성으로 대답했다.

경찰 제복을 입은 잘생긴 남자 모습이 화면에 나타났다. 그리고 '주연, 릭 오셔.'라는 글씨가 아래쪽에 보였다.

"저 사람이 쿨 경관이야?"

사전이 또 물었다.

"네. 하지만 저 사람은 조연이에요."

페니가 텔레비전에 시선을 고정한 채 나직이 대답했다.

"조연이라고? 하지만 프로그램 제목이 '쿨 경관'이잖아. 그런데 저 남자가 주인공이 아니란 말이야?"

사전이 버럭 소리를 질렀다.

하지만 여자 연필들은 아무도 돌아보지 않았다. 모두가 숨을 죽인 채 클로즈업된 쿨 경관의 셔츠 주머니만 바라보

앉다. 주머니에는 잘생긴 연필 한 자루가 꽂혀 있었다.

"저 연필이 주인공이에요. 레드 경관이죠."

페니가 설레는 목소리로 말했다.

출연진 소개가 모두 끝나고 드디어 프로그램이 시작되었
다. 쿨 경관은 창고 건물 벽에 가슴을 바짝 붙인 채 살금살
금 걷고 있었다. 얼마나 바짝 달라붙었는지, 주머니 속 레드
경관은 쿨 경관의 가슴에 눌려 숨 쉬기도 힘들 지경이었다.
건물 모퉁이에 다다르자 쿨 경관이 조심스럽게 주변을 살폈

다. 주머니 속 레드 경관도 똑같이 주변을 살폈다.

쿨 경관이 모퉁이 밖으로 고개를 내밀자 총성이 울려 퍼졌다. 쿨 경관이 서둘러 모퉁이 뒤로 몸을 숨겼다. 레드 경관도 얼른 주머니 속으로 쏙 들어갔다. 랄프와 사라와 필기구들 모두 숨을 죽였다.

곧이어 쿨 경관이 총을 빼 들고 범인을 쫓기 시작했다. '쿨 경관의 뜨거운 추격전'에 어김없이 등장하는 배경 음악이 긴장감을 고조시켰다. 쿨 경관과 레드 경관이 건물을 통과하고, 골목길을 달리고, 사다리에 오르고, 지붕을 건너뛰며 범인 뒤를 쫓았다. 랄프와 사라와 필기구들도 음악에 맞춰 몸을 들썩였다. 겉으로는 텔레비전 따위에 전혀 관심 없는 척하던 사전도 어느새 두 발로 장단을 맞추고 있었다.

마침내 쿨 경관이 범인을 거의 따라잡았다. 때를 놓치지 않고 범인을 향해 몸을 날린 쿨 경관이 범인과 서로 뒤엉켜 지붕에서 떨어졌다. 그러고는 '하워드와 엠마의 결혼을 축하합니다!'라고 쓰인 현수막을 휘감은 채 결혼 축하 케이크 위로 엎어졌다. 잠시 후 온몸에 크림을 뒤집어쓴 쿨 경관이 무너진 케이크 사이에서 일어섰다. 그리고 크림으로 범벅된

범인을 일으켜 세웠다. 범인의 손에는 어느새 수갑이 채워
져 있었다.

　결혼식을 올리던 신랑과 신부는 놀란 입을 다물지 못했다.

　쿨 경관이 웃음을 띠며 말했다.

　"초대하지 않은 손님들이 하늘에서 떨어졌다고 화내지는
않으시겠죠? 물론 제가 망쳐 버린 건 모두 물어 드리겠습니다."

그는 주머니에서 크림으로 범벅된 연필
과 수표책을 꺼냈다. 레드 경관이 얼굴에
묻은 크림을 쓱 닦아 내며 수표를 쓰고 있
는 쿨 경관에게 윙크를 했다.

"저 남자, 정말 멋있지 않니?"

폴리가 말했다.

"저 크림 좀 봐. 내가 가서 좀 닦아 주고
싶다."

페니도 쿨 경관에게 반한 듯했다.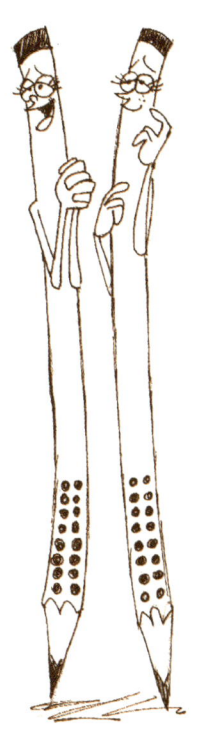

"저 녀석 정도라면 나도 충분히 상대해
줄 수 있다고!"

빨간 샤프 맥이 두 주먹을 불끈 쥐고 허공에 잽을 날리며
허세를 부렸다.

"너 같은 녀석은 근처에도 못 갈걸."

페니가 콧방귀를 뀌자 맥은 조용히 팔을 내렸다.

노란 색연필이 입을 열었다.

"너도 알다시피 요즘은 수사할 때도 컴퓨터가 대세라지

만, 덩치만 큰 계산기 같은 녀석들이 레드 경관의 반만 따라가도 좋겠다!"

"맞아, 레드 경관은 정말 멋져. 나도 나중에 레드 같은 스타가 되고 싶다."

페니가 꿈을 꾸듯 말했다.

그러자 수정액이 끼어들었다.

"페니, 그러자면 먼저 학교에서 많은 걸 배워야 해. 넌 받아쓰기 실력은 뛰어나지만 아직 사회는 많이 부족하잖아. 더구나 네 지리 실력은 그야말로 끔찍한 수준이야. 넌 소말리아라는 나라가 아프리카에 있는지 유럽에 있는지도 모르잖아."

수정액의 말을 듣고 사전이 고개를 끄덕이며 흐뭇한 미소를 지었다.

"하지만 나라 이름을 모르는 건 내 잘못이 아냐. 랄프가 지리 숙제 하는 걸 지겨워하지 않으면, 나도 얼마든지 배울 수 있어. 너도 알잖

아. 랄프가 1년 내내 지도책을 펴지 않는다는 걸 말이야."

페니가 울먹이자 수정액이 차분하게 대꾸했다.

"난 지금 랄프 얘기를 하는 게 아니야. 페니 네 얘기를 하는 거라고."

"쉿! 랄프가 오고 있어!"

맥이 주의를 주었다.

필기구들은 허둥대며 원래 있던 자리로 돌아갔다. 랄프와 사라가 숙제를 마저 하려고 다시 식탁으로 가서 앉은 것이다. 랄프가 페니를 집어 들고 글씨를 쓰기 시작했다.

랄프가 생각을 하느라 잠시 글씨 쓰기를 멈춘 사이 페니가 속삭였다.

"있잖아, 수정액. 나도 언젠가 사람들에게 사인을 해 줄 날이 올 것 같아. 느낌이 팍 온다고!"

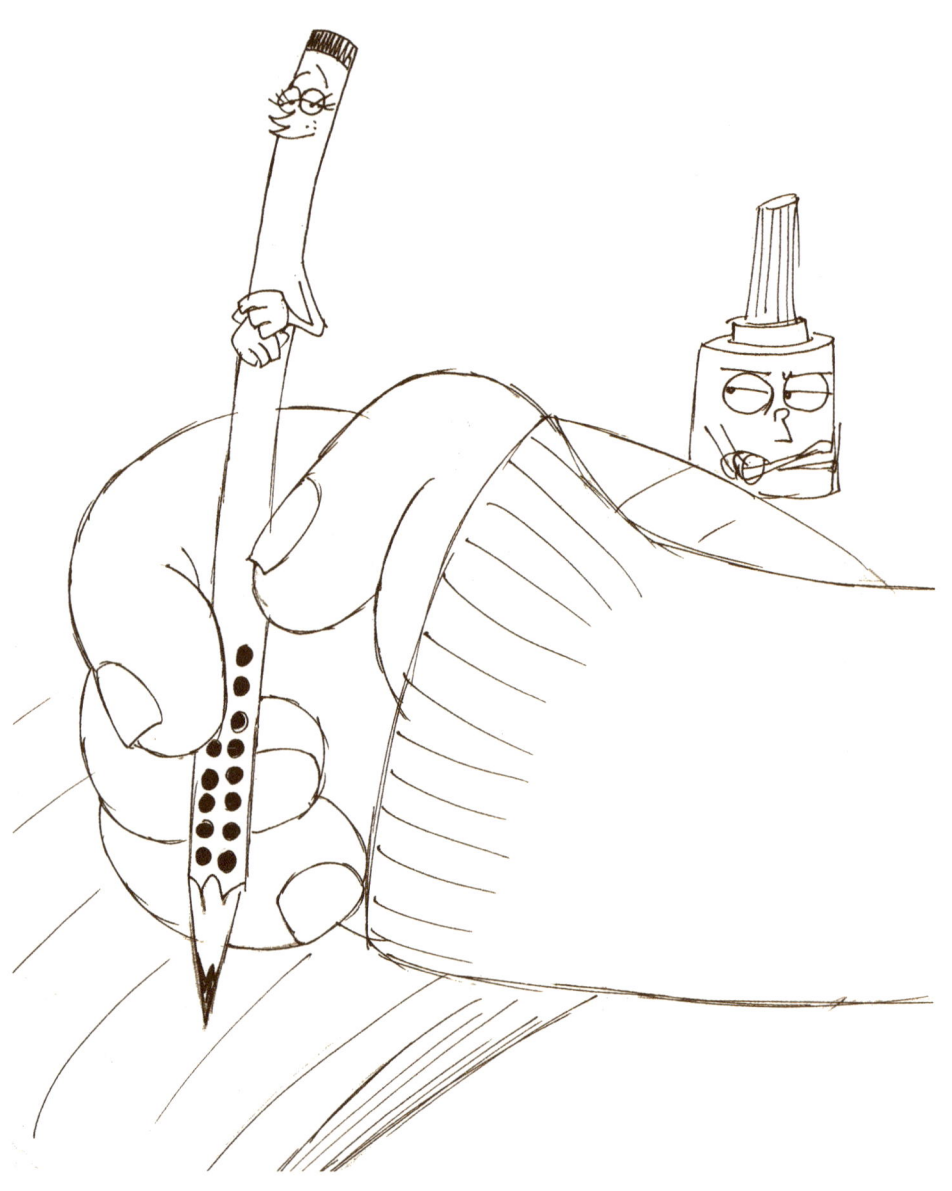

2

깜짝 손님

다음 날, 학교 교실에 모인 아이들은 온통 '쿨 경관' 얘기 뿐이었다. 아무도 스워드 선생님의 수학 수업에 집중하지 않았다. 아이들을 조용히 시키다 지친 선생님은 자꾸 떠들면 쉬는 시간에도 수업을 계속하겠다고 겁을 주었다. 그러자 순식간에 교실이 조용해졌다. 간간이 속삭이는 소리가 들릴 뿐, 아이들은 저마다 칠판에 적혀 있는 수학 공식을 열심히 받아 적었다.

랄프가 선생님을 힐끗 쳐다보았는데, 선생님 시선이 다른 데를 향해 있는 게 확실해 보이자 용기를 내서 옆자리에 앉은 사라에게 나지막이 말을 걸었다.

"어제 본 쿨 경관은 정말 최고였어. 범인이랑 뒤엉켜서 결혼 축하 케이크 위로 떨어질 때, 정말 짜릿하지 않았니?"

　"릭 오셔는 정말 잘생겼어. 어른이 되면 꼭 그 사람이랑
결혼할 거야."

　사라가 꿈꾸는 듯한 표정으로 중얼거렸다.

　랄프는 은근히 샘이 났지만 꾹 참고 말했다.

　"그래, 사라. 그 사람을 만나거든……."

　"랄프, 쉬는 시간까지 참을 수 없을 정도로 중요한 얘기면, 우리한테도 좀 들려주겠니?"

교탁 앞에 선 스워드 선생님의 쩌렁쩌렁한 목소리가 온 교실에 울려 퍼졌다.

랄프는 얼굴을 붉히며 고개를 떨구었다.

"뭐 하니? 얼른 일어서서 친구들한테 들려주지 않고."

스워드 선생님이 재촉했다.

아이들의 시선이 모두 랄프를 향했고, 랄프와 사라 뒷자리에 앉은 말썽꾸러기 버트가 고소하다는 듯 키득거렸다.

랄프가 손에 쥐고 있던 페니를 공책 위에 올려놓은 다음 천천히 자리에서 일어났다. 다른 필기구들도 무슨 일인가 싶어 필통 밖으로 고개를 쏙 내밀었다.

"자, 어서 말해 보렴. 쉬는 시간까지 참을 수 없을 정도로 중요한 얘기가 도대체 뭐지?"

스워드 선생님이 다그쳤다.

잠시 망설이던 랄프가 드디어 말문을 열었다.

"저기, 그게…… 그렇게 중요한 얘기는 아니었어요."

"조용한 교실에서 사라에게 속삭여야 할 정도라면 꽤나 중요한 일이었을 텐데?"

스워드 선생님이 아이들 얼굴을 쓱 훑어보고는 말을 이었다.

"더구나 오늘처럼 특별한 손님이 교실에 오기로 한 날에는 말이야."

랄프는 고개만 더 푹 숙이고 아무 말도 못 했다.

스워드 선생님이 팔짱을 꼈다. 사라는 불안한 눈으로 시계를 쳐다봤다. 지금 같으면 종이 울려도 모두 꼼짝할 수 없을 것 같았다. 어쩌면 오전 내내 혼나야 할지도 모른다는 생각이 들었다.

"랄프, 우리 모두 네 대답을 기다리고 있어."

스워드 선생님이 말했다.

"그러니까, 사라하고 저는 그냥 쿨 경관에 대해서 얘기하고 있었어요."

그때였다.

"쿨 경관이다!"

교실 문 가까이에 앉은 아이들이 한목소리로 외쳤다.

랄프도 깜짝 놀라 고개를 들었다. 쿨 경관 역을 맡은 '릭 오셔'가 교실 안으로 성큼성큼 걸어 들어오고 있었다.

"와!"

랄프가 탄성을 질렀다.

"너무 잘생겼다!"

사라가 심호흡을 하며 말했다.

릭 오셔가 스워드 선생님에게 반갑게 인사를 건넸다.

"이모, 잘 지내셨어요?"

"어서 와라, 릭. 오랜만이다."

스워드 선생님이 인사를 나누고는 릭 오셔를 교탁 앞으로 데려왔다.

"자, 선생님 조카 릭을 소개하겠어요. 여러분은 아마 쿨 경관으로 알고 있을 거예요."

깜짝 놀란 아이들 눈이 두 배로 커졌다. 떡 벌어진 입도 다물어질 줄 몰랐다. 자기들이 제일 좋아하는 스타가 스워드 선생님 친척이었다니 도저히 믿기지 않았다.

아이들이 정신없는 틈을 타서, 페니는 슬쩍 폴리 옆으로 굴러갔다.

"저기 좀 봐, 폴리! 쿨 경관이야. 레드 경관도 함께 왔을까?"

기회를 놓칠세라 랄프와 사라의 필기구들도 저마다 필통 밖으로 고개를 삐죽 내밀었다. 릭 오셔의 주머니 속에는 분명히 레드 경관이 꽂혀 있었다. 레드 경관이 색연필들을 향해 윙크를 하자 그중 몇 자루는 그만 넋을 잃고 말았다.

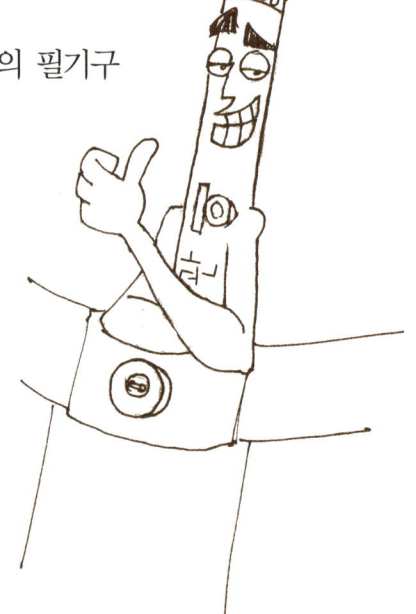

"진짜 레드 경관이야!"

폴리가 감격에 겨워 소리쳤다.

"저 근사한 나무 근육 좀 봐."

페니가 떨리는 목소리로 말했다.

"저 근사한 나무 근육 좀 봐."

온몸이 플라스틱으로 만들어진 샤프 맥이 페니의 말을 그대로 흉내 냈다. 하지만 여자 연필들은 아무도 맥의 말에 귀 기울이지 않았다.

"텔레비전에서 보던 것보다 훨씬 더 멋지다!"

초록 색연필이 속삭였다.

"자, 여러분. 손님에게 뭐라고 해야 할까요?"

스워드 선생님이 물었다.

"안녕하세요, 쿨 경관님!"

아이들은 한목소리로 외치며 전에 없이 들뜬 모습이었다.

그러자 릭이 싱긋 웃으며 대답했다.

"친구들, 안녕. 저를 그냥 릭이라고 불러 주세요."

"우아, 저렇게 유명한 배우 이름을 막 부를 수 있다니."

사라가 중얼거렸다. 어른의 이름을, 그것도 저렇게 잘생기

고 유명한 어른의 이름을 마음대로 부를 수 있다니 가슴이
뛰었다.

"릭한테 궁금한 점 없니?"

스워드 선생님이 물었다.

아이들이 한꺼번에 여러 가지 질문을 해 대는 바람에 교
실이 순식간에 시끌벅적해졌다.

릭은 아이들로 가득한 교실을 이리저리 둘러보았다. 어느
질문에 먼저 대답을 해야 할지 모두지 알 수가 없었다.

조카가 난감해하는 모습을 본 스워드 선생님이 박수를 쳐
서 집중시켰다. 순식간에 교실이 조용해졌다.

"자, 질문은 한 번에 하나씩만! 릭은 손을 들고 하는 질문
에만 대답을 할 거예요."

서른 명의 아이들이 동시에 손을 번쩍 들었다.

스워드 선생님은 교실을 쭉 훑어보더니 랄프를 지목했다.
그러고는 웃으며 말했다.

"랄프, 네가 제일 먼저 질문해 볼래? 조금 전까지 쿨 경관
애기를 하고 있었잖니."

랄프는 지금 자기에게 일어나고 있는 일을 도저히 믿을 수

없었다. 조금 전까지만 해도 수업 시간에 쿨 경관 얘기를 하다 혼이 나고 있었다. 그런데 잠시 후 쿨 경관이 교실에 나타났다. 게다가 지금은 쿨 경관에게 제일 먼저 질문할 기회를 얻은 것이다!

랄프는 질문을 하려고 입을 열었지만 목소리가 잘 나오지 않았다.

스워드 선생님과 릭 그리고 아이들 모두 기대에 찬 눈으로 랄프를 바라보고 있었다.

사라가 랄프를 거들고 나섰다.

"랄프는 아저씨가 어떻게 스타가 되었는지 알고 싶을 것 같아요. 물론 제 생각이지만요."

랄프가 사라를 향해 활짝 웃었다. 사라도 환한 미소를 지었지만 랄프가 아니라 릭을 향해 웃고 있었다. 미소를 짓던 랄프가 울상이 되었다.

릭이 사라를 보고 웃으며 말했다.

"연기라는 게 쉬운 것 같지만, 사실은 아주 힘든 일이에요. 아저씨는 학교 다니면서 연기 수업을 따로 받았어요. 노래도 배웠고……."

"거봐, 내가 어젯밤에 뭐랬어? 스타에게도 학교는 중요하다니까."

수정액이 슬며시 페니에게 몸을 기울이며 말했다.

하지만 페니는 레드 경관에게서 눈을 떼지 못했다. 수정액의 말은 귀에 들어오지도 않는 눈치였다.

"그리고 아저씨는 하루에 두 시간씩 체육관에서 운동을 해요."

릭이 셔츠 소매를 걷어 올려 팔뚝의 알통을 자랑하며 덧붙였다.

릭의 근육은 남자아이, 여자아이 할 것 없이 모두에게 강

한 인상을 남겼다. 남자아이들은
덩달아 자기 셔츠 소매를 걷어 올리
고 팔을 굽히며 잔뜩 힘을 주었다.
겨우 밤톨만 한 알통이었지만.

릭의 셔츠 주머니에 꽂혀 있던 레드
경관도 자기 알통을 불끈 내보였다.
페니와 폴리뿐 아니라 다른 여자 연
필들이 너도나도 탄성을 질렀다. 샤
프 맥도 팔뚝에 힘을 잔뜩 줘 보았
지만 역시 레드 경관과 비교하면 보
잘것없었다. 맥은 여자 연필들이 눈
치채지 못하도록 얼른 팔을 내렸다.

"다른 질문 있니?"

스워드 선생님이 묻자 버트가 손을 번쩍 들었다.

"그래, 버트. 이번엔 버트가 질문해 보자."

스워드 선생님이 버트에게 기회를 주었다.

"권총 안에 진짜 총알이 들어 있나요?"

버트가 큰 목소리로 물었다.

릭과 스워드 선생님이 놀란 듯 서로를 바라봤다.

"아니, 그렇지 않아요. 다행스럽게도 말이죠."

릭이 침착하게 대답했다.

버트는 눈살을 잔뜩 찌푸리더니 다시 한번 손을 번쩍 들었다. 이때 버트가 던질 질문이 무엇인지 예상이라도 한 듯 릭이 얼른 덧붙였다.

"물론 진짜 피도 아니에요."

버트가 불만스러운 표정을 지었다.

"이제부터는 오른쪽으로 돌아가면서 질문해 볼까요? 루시는 릭에게 뭐 궁금한 거 없니?"

스워드 선생님이 사라 옆에 앉은 여자아이를 가리키며 말했다.

"어젯밤에 나왔던 결혼 축하 케이크는요? 그건 진짜였나요?"

루시가 물었다.

"유감스럽게도 아니에요. 그건 생크림이 아니라 아빠들이 면도할 때 쓰는 거품이었어요. 맛이 정말 끔찍했다니까요!"

릭이 대답하면서 시계를 힐끗 보았다.

이를 본 스워드 선생님이 재빨리 마무리를 했다.

"자, 여러분! 릭은 시간이 많지 않아요. 오늘 질문은 여기까지 하기로 하고……. 그래도 릭, 아이들에게 사인 몇 장 해 줄 시간은 있겠지?"

릭이 대답을 하기도 전에, 아이들이 몽땅 교실 앞으로 달려 나왔다. 어떤 아이는 책을, 또 어떤 아이는 필통을 들고 나오기도 했다. 릭의 사인을 받을 수 있는 것이면 무엇이든 하나씩 아이들 손에 꼭 쥐어져 있었다.

릭이 셔츠 주머니에서 레드 경관을 꺼냈다. 그리고 제일 가까이 선 아이의 필통 위에다 사인을 하기 시작했다. 그런데 잘 써지지 않았다.

"이상하네."

릭이 고개를 갸웃하며 말했다. 그러고는 레드 경관을 쓰레기통에 던져 넣으며 아이들을 향해 물었다.

"누가 연필 좀 빌려줄래요?"

릭의 말이 끝나기가 무섭게, 아이들이 헐레벌떡 자기 책상으로 달려갔다. 릭에게 연필을 빌려주기 위해서였다. 랄프도 책상으로 달려가 페니를 집어 들었다. 페니가 거만한 표정으로 수정액에게 눈을 찡긋하며 말했다.

"어젯밤에 내가 했던 말 기억하지?"

랄프가 제일 먼저 교실 앞으로 나와 페니를 릭에게 건넸다.

"학생 이름이 랄프, 맞지요?"

릭이 랄프의 사회책 표지 안쪽에 사인을 하며 물었다.

랄프는 깜짝 놀라서 아무 말도 할 수 없었다. 스타가 자기 이름을 기억하다니! 그것도 쿨 경관의 주인공이며 아이들의 영웅인 '릭 오셔'가 말이다!

릭이 랄프에게 책을 돌려주었다. 랄프는 두 손으로 책을 받아 들어 살며시 책을 펼쳐 보았다. 안에는 '랄프에게. 멋진 사나이가 되세요. 쿨 경관, 릭 오셔가.'라고 써 있었다.

랄프는 너무 흥분한 나머지, 릭이 페니를 들고 계속 사인하고 있다는 사실을 미처 깨닫지 못했다.

사라를 포함한 다른 아이들도 사인을 받겠다며 랄프를 밀치고 지나갔다. 잠시 후 아이들 사이를 뚫고 나오는 사라의 얼굴에 함박웃음이 가득했다. 사라는 손에 든 연습장을 흔들면서 랄프를 향해 외쳤다.

"이것 좀 봐, 랄프. 릭이 '사라, 언제나 최선을 다하는 어린이가 되세요. 사랑하는 릭이.'라고 썼어. 사랑하는 릭이래! 믿어지니?"

랄프는 자기가 받은 사인을 뿌듯하게 바라보고 있었는데, 사라가 자랑하는 소리를 듣자 못마땅한 얼굴로 사라를 힐끗 쳐다봤다.

"빠진 사람 있나요?"

스워드 선생님이 물었다.

아이들은 저마다 사인받은 물건들을 손에 꼭 쥔 채 황홀

한 표정으로 고개를 저었다.

릭이 아무 생각 없이 페니를 셔츠 주머니에 꽂았다. 레드 경관이 꽂혀 있던 바로 그 자리였다. 페니가 주머니 위로 고개를 쏙 내밀었다. 아이들보다 더 신난 표정이었다.

"여러분, 릭은 촬영 때문에 바쁠 테니 이제 그만 보내 주는 게 좋겠어요. 우리는 뭐라고 인사하면 좋을까요?"

"고맙습니다, 릭!"

아이들이 입을 모아 외쳤다.

"저도 정말 즐거웠어요. 앞으로도 계속 쿨 경관을 사랑해 주세요. 물론, 공부 열심히 하는 것도 잊지 말고요!"

릭은 활짝 웃으며 아이들에게 인사를 남긴 다음 교실 밖으로 성큼성큼 걸어 나갔다.

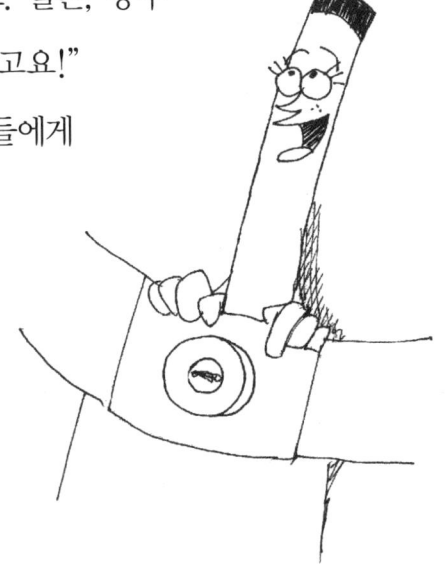

페니가 낑낑거리며 셔츠 주머니 밖으로 기어오르더니 릭의 어

깨 너머로 친구들을 향해 손을 힘껏 흔들었다.

"쟤가 정말 뭔가 하려나 봐! 진짜 텔레비전에 나오는 스타가 될 건가 봐!"

노란 색연필이 페니에게 손을 마주 흔들며 말했다.

랄프와 사라의 다른 필기구들도 환하게 웃으며 페니에게 작별 인사를 했다. 수정액만 조금 걱정스러운 표정으로 페니를 바라보았다.

"자, 그럼 숙제 얘기를 좀 해 볼까……."

스워드 선생님이 숙제를 내자마자 수업 끝나는 종이 울렸다. 아이들은 책가방을 싸서 줄지어 교실을 빠져나갔다. 다들 여전히 릭의 방문으로 잔뜩 들떠 있었다.

랄프와 사라가 교실 문을 나서려는데, 스워드 선생님이 부르는 소리가 들렸다.

"랄프, 잠깐 와서 선생님 좀 보고 갈래?"

그 순간 랄프의 머릿속은 릭에 대한 모든 것이 사라지면서 야단맞을 생각으로 가득 찼다.

"오늘 수업 시간에 떠들었으니까, 벌을 받아야지?"

선생님의 말에 랄프가 침을 꼴깍 삼켰다. 그러자 선생님이 씩 웃으며 말했다.

"저 쓰레기통 좀 비워다 줄래?"

"네, 선생님!"

랄프는 큰 소리로 대답하며 얼른 쓰레기통을 집어 들었다. 안도의 한숨이 절로 나왔다. 이 정도 벌이라면 얼마든지 받을 수 있었다.

밖으로 나온 랄프는 운동장 한쪽 구석에 놓인 커다란 쓰레기통으로 갔다. 들고 온 쓰레기통을 뒤집어서 안에 든 쓰레기들을 쏟아 냈다. 구겨진 종이, 먹고 남은 사과 속, 바나나 껍질, 샌드위치 포장지 들 사이에서 낯선 물건이 눈에 띄었다. 랄프는 쓰레기 더미 속으로 손을 집어넣어 그 물건을 꺼냈다. 이럴 수가……. 바로 릭 오셔의 연필이었다! 랄프는 신이 나서 그 연필을 셔츠 주머니에 넣었다. 레드 경관을 주머니에 꽂고 있으니, 마치 자기가 쿨 경관이 된 기분이 들었다.

3

조명, 카메라…….

페니는 자기에게 찾아온 행운을 도무지 믿을 수 없었다. 친구들을 모아 놓고 스타가 되겠다는 꿈을 얘기한 게 바로 어젯밤 일이었다. 그런데 오늘, 그 꿈이 정말로 실현된 것이다. 그것도 쿨 경관처럼 손꼽히는 프로에서 말이다! 페니는 낑낑대며 릭의 셔츠 주머니 위로 고개를 내밀었다. 릭은 텔레비전 스튜디오를 향해 차를 몰고 있었다. 방송국 정문에 도착하자 릭이 출입증을 보여 주고 안으로 들어갔다. 그러고는 금색 별이 커다랗게 그려진 트레일러 앞에 차를 세웠다.

차에서 내린 릭이 트레일러 계단을 올랐다. 릭이 트레일러 문을 열자마자 페니의 눈에 무언가가 확 들어왔다. 벽에 그려진 커다란 금색 별과 그 한가운데에 있는 작은 별이었다. 작은 별 안에는 '레드 경관'이라고 또박또박 써 있었다.

'저걸 꼭 페니라고 고쳐 쓰고 말 테야!'

페니는 속으로 몇 번이고 다짐했다.

릭의 트레일러 안은 페니가 생각했던 대로 무척 화려했다. 우선 한쪽 벽에는 사방이 작은 전구들로 둘러싸인 근사한 거울이 있고, 거울 앞 선반은 화장품과 머리 손질 용품들로 꽉 차 있었다. 얼음 가득한 은그릇에 담긴 샴페인 병, 팬들이 보낸 편지들, '릭'이라는 글씨가 새겨지고 금색 별이 붙은 의자도 있었다. 의자 주변으로는 수십 명의 사람들이 들러붙어 저마다 릭의 화장과 머리와 의상을 손보았다.

엄청나게 부풀린 머리와 무지 두꺼운 화장을 한 여자가 화장용 팔레트와 붓을 손에 들고서 물었다.

"멋쟁이 릭, 어디 있다 이제 왔어?"

여자는 호들갑스럽게 웃으며 릭을 거울 앞 의자에 앉히더니 미용실 망토를 둘러 주었다.

그 바람에 페니는 아무것도 볼 수 없었다. 답답함을 참지 못한 페니가 꼼지락꼼지락 몸을 움직여 망토 깃 밖으로 고개를 살짝 내밀었다.

릭이 입을 열었다.

"미안해, 샤나. 이모가 근무하는 초등학교에 방문하기로 약속했었거든……."

"나한테 사과할 필요는 없어. 울프 감독님이 릭 오셔는 대체 어디 있냐고 야단이었지."

샤나가 걱정스러운 얼굴로 말했다.

그 순간 트레일러 문이 벌컥 열리고 한 남자가 성큼성큼 걸어 들어왔다. 작은 키에 머리가 희끗희끗한 남자는 황갈

색의 카메라맨 셔츠를 입었고, 그의 통통한 손에는 확성기가 달랑 들려 있었다.

"오셔, 바쁜 와중에도 이렇게 시간을 내 주니 눈물 나게 고맙군. 우리 할 일 없는 사람들은 자네를 한 시간 넘게 기다렸어."

남자가 빈정대며 말했다.

"죄송합니다, 감독님. 이모님이 근무하시는 초등학교에 들렀다가……."

릭이 사과하는데 울프 씨가 말을 잘랐다.

"슬픈 사연은 숙녀 분들을 위해서 아껴 둬. 난 자네의 궁색한 변명에는 관심이 없거든. 아무튼 인기 좀 얻으면 다 똑같아진다니까. 생각해 보라고. 자네는 언제든 원할 때 카메라 앞에 서면 되지. 하지만 우리는 무작정 기다려야 한다고. 자네의 손과 발이……."

울프 씨가 말을 하다 말고 릭을 위아래로 살폈다. 샤나뿐 아니라 팀의 모든 사람들이 릭의 화장, 머리 손질, 손톱 정리를 하고 구두까지 광내느라 정신없이 바빴다.

"아무튼 자네한테 모두의 이목이 집중돼 있다는 거 잊지 말라고, 오셔. 얼른 준비하고 나오기나 해!"

울프 씨는 확성기를 입으로 가져가더니 있는 힘껏 고함을 쳤다.

"자, 촬영 5분 전이야. 다들 서둘러!"

그러고는 발꿈치를 축으로 삼아 왼쪽으로 휙 돌아서 문을

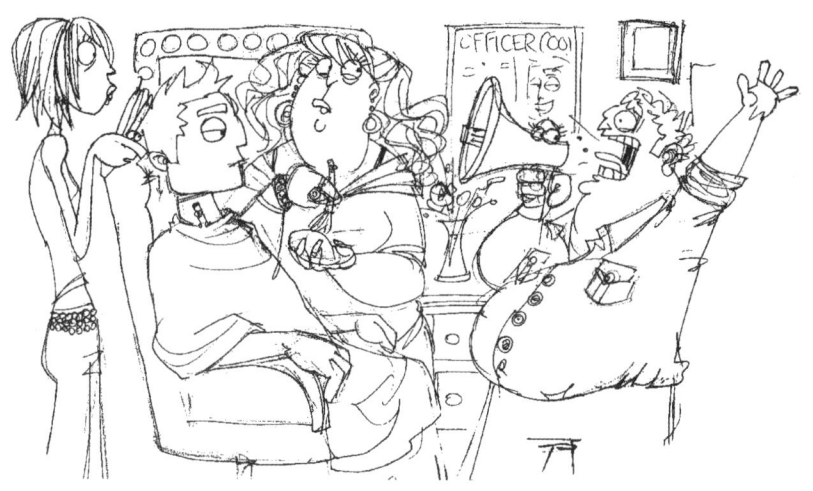

쾅 닫고 나가 버렸다.

정신없이 일하던 사람들이 주춤하며 일손을 멈췄다. 그러자 샤나가 이들을 격려했다.

"모두 들었지? 5분 남았어. 어서 일들 시작하자고!"

모두가 다시 일을 시작했다. 머리빗과 손톱 다듬는 줄과 분첩이 릭 주변을 숨 가쁘게 날아다녔다.

페니는 샤나가 화장솔로 릭의 얼굴에 볼연지 바르는 걸 지켜봤다. 넋을 놓고 보느라 호기심 어린 두 개의 눈이 자기를 유심히 바라보고 있다는 사실을 깨닫지 못했다.

마침내 화장솔이 입을 열었다.

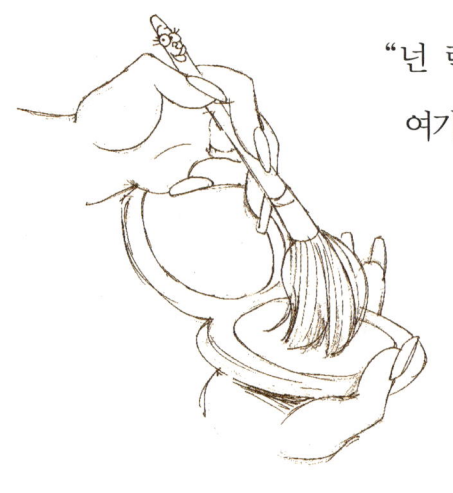

"넌 릭이 쓰던 연필이 아니잖아. 여기서 뭐 하니?"

페니가 깜짝 놀라 화장솔을 쳐다봤다. 생활용품이 말하는 건 처음이었다.

"아, 내 이름은 페니야. 실은 랄프의 연필이지."

페니가 놀란 마음을 추스르고 입을 열었다.

화장솔은 릭의 얼굴에 화장을 하느라 바쁘면서도 질문을 멈추지 않았다.

"랄프가 누구야? 일등 제작진인가?"

"그게……, 랄프가 일등일 수도 있지. 릭이 제일 먼저 사인을 해 줬으니까……."

페니가 어리둥절한 눈으로 화장솔을 바라보며 말했다.

"그건 그렇고, 넌 지금 여기서 뭐 하는 거냐고!"

화장솔이 따지듯 되물었다.

"그게, 릭이 랄프의 교실에 와서 사인을 하다가……."

페니가 다시 설명을 하려는데 화장솔이 말을 가로챘다.

"그래서 릭이 늦었구나?"

"아마 그럴 거야."

페니가 찜찜한 표정으로 대답했다. 눈앞에서 일어나고 있는 모든 일들이 혼란스럽기만 했다. 앞뒤로 정신없이 움직여 대는 화장솔을 보는 것도 힘든데, 말을 톡톡 끊으며 해 대는 질문에 대답까지 하려니 멀미가 날 지경이었다.

"자, 계속해 봐."

화장솔이 말했다.

"그, 그래. 그런데 내가 어디까지 말했지?"

페니가 물었다. 그러자 화장솔이 잽싸게 대답했다.

"사인하는 거."

페니가 고개를 끄덕이며 말을 이었다.

"맞아. 릭이 레드 경관을 주머니에서 꺼냈어."

"레드 경관?"

"왜 있잖아, 쿨 경관이 항상 셔츠 주머니에 꽂고 다니는 연필."

"아, 바니 얘기로구나."

화장솔이 중얼거렸다.

"그게 누구든지, 아무튼 써지지 않았어."

"안 써지는 게 당연하지. 그 녀석은 소품이니까."

화장솔이 별일도 아니라는 듯 얘기했다.

"소품?"

페니가 물었다. 한 번도 들어 본 적 없는 단어였다.

"무대에서는 근사하게 보이지만, 거기서 내려오면 아무런 쓸모도 없는 물건을 말하는 거야. 여기 허버트처럼 말이지."

화장솔이 의자 위에 누워 있는 릭의 총을 가리키며 대답했다.

어디선가 자기 이름이 들리자, 허버트가 귀찮은 눈빛으로

사방을 둘러보더니 다시 누워서 잠을 청했다.

페니가 말을 계속했다.

"아, 그래. 아무튼 바니가 써지지 않아서 랄프가 나를 릭에게 건네주었고, 내가 사인을 다 했어. 그리고 나서 돌아갈 시간이 되었는데, 릭이 나를 주머니에 넣고 여기로 데려온 거야."

"그랬구나."

화장솔이 잠시 얘기를 멈추고 릭의 얼굴을 꼼꼼히 살펴보았다.

"내 생각에, 이만하면 볼연지는 충분한 것 같은데."

화장솔이 다시 페니를 보고 물었다.

"그러니까 너는 여기에 있고, 바니는 없다는 거잖아. 내 생각엔, 이제 네가 바니 대신 출연해야 할 것 같은데?"

"내 생각도 그래!"

페니가 외쳤다.

샤나가 릭의 목에 두른 미용실 망토를 풀자 페니는 더욱 흥분이 되었다.

분장을 끝낸 샤나가 화장솔을 통 안에 넣는데, 화장솔이

다급하게 페니를 부르며 물었다.

"대사는 다 외웠니?"

"무슨 대사?"

당황한 페니가 울먹이며 물었다. 릭은 어느새 자리에서 벌떡 일어나 트레일러 문을 향해 걸어가고 있었다.

4

애애애애····· 액션!

페니는 릭이 주차장을 가로질러 스튜디오로 가는 내내 오들오들 떨었다.

"내 대사라고? 레드 경관도 대사가 있었나?"

페니가 골똘히 생각에 잠겨 혼잣말을 했다.

릭이 스튜디오 문을 활짝 열자 또 하나의 놀라운 장면이 눈앞에 펼쳐졌다. 그곳은 쿨 경관의 경찰서 안이었다. 하지만 텔레비전에서 보는 것과는 달리 벽이 세 개밖에 없었다.

벽 없이 뚫린 곳에는 커다란 카메라 몇 대가 서 있었는데, 아주 넓적하고 움직일 수 있는 바퀴까지 달린 카메라였다. 보슬보슬한 털이 달린 길쭉한 마이크도 공중에 매달려 있고, 몇몇 커다란 스포트라이트가 어두운 실내 스튜디오를 대낮같이 환하게 비추었다. 경찰서 밖 마룻바닥에는 굵은

선들이 이리저리 엉켜 있고, 이 모든 것들의 한가운데에는 감독 울프 씨가 떡 버티고 앉아 있었다.

울프 씨가 확성기에 대고 고래고래 소리를 지르면 그곳의 모든 사람들이 울프 씨의 지시에 따라 움직였다. 드디어 릭이 스튜디오에 모습을 드러내자 울프 씨는 매서운 눈으로 시간을 확인하고는 사람들을 향해 고함을 쳤다.

"여러분, 드디어 우리들의 스타가 나타나셨어. 모두들 자기 위치로!"

릭이 세트 끝으로 차분하게 걸어갔다. 그리고 카메라가 비추는 화면 바로 밖에 자리를 잡고 섰다.

젊은 남자가 카메라 앞에 딱따기를 들고 섰다. 촬영의 시작과 끝을 알리는 도구였다. 페니의 눈에는 딱따기도 화장솔처럼 살아 있는 것 같았다. 하지만 지금은 잠이 곤하게 들어서 살며시 코까지 골고 있었다.

울프 씨가 확성기를 들어 입 쪽으로 가져갔다.

"애애애애애애애애…… 액션!"

그러자 딱따기를 들고 있던 젊은 남자가 딱따기 위쪽 막대를 아래로 내리치며 큰 소리로 말했다.

"304회, 스물일곱 번째 장면, 첫 번째 촬영."

그 순간 딱따기가 눈을 번쩍 뜨더니 주먹까지 불끈 쥐며 고함을 쳤다.

"이봐! 당신이 입까지 헤벌리고 한창 달게 자고 있다고 생각해 봐. 그런데 누가 와서 입 다물고 자라면서 아래턱 위턱을 억지로 맞물리면, 기분이 좋겠어?"

페니는 깜짝 놀랐다. 하지만 딱따기를 든 젊은 남자와 스튜디오에 모인 사람들은 딱따기가 고함치는 소리를 알아채지 못했고, 어느새 촬영이 시작되었다.

릭이 세트 안으로 느긋하게 걸어 들어왔다. 기분 좋은 표정이었다.

"컷!"

울프 씨가 외쳤다.

"뭐가 잘못됐나요?"

릭이 영문을 모르겠다는 얼굴로 물었다.

"너무 빨라. 다시 한번 가자고. 모두 제자리로. 애애애애애애애애…… 액션!"

그새 다시 낮잠을 즐기고 있던 딱따기가 한 번 더 카메라 앞에 섰다.

"304회, 스물일곱 번째 장면, 두 번째 촬영."

젊은 남자는 또박또박 외친 뒤에 딱따기를 힘껏 내리쳤다.

딱따기의 눈이 또다시 번쩍 뜨였다. 딱따기는 젊은 남자를 향해 주먹을 불끈 쥐고는 이리저리 휘두르며 말했다.

"한 번만 더 그러면 내가……."

릭이 다시 한번 세트를 천천히 가로질러 걸었다.

"컷!"

울프 씨의 목소리가 확성기를 통해 온 스튜디오 안에 울려 퍼졌다.

릭이 돌아서서 감독 앞에 섰다.

"이번엔 너무 느려."

울프 씨가 짜증 섞인 말투로 얘기했다.

딱따기를 든 젊은 남자가 세 번째로 카메라 앞에 섰다. 이번에는 딱따기가 깨어 있었다. 딱따기는 두 눈을 부릅뜬 채, 자기 머리와 배를 꼭 쥐고 있는 남자의 손을 쏘아보았다.

"요건 생각도 못했을 거다……."

딱따기가 의미심장한 표정으로 중얼거리고 있는데, 때마침 울프 씨가 고함을 쳤다.

"애애애애애애애애…… 액션!"

그러자 딱따기를 다시 내리치면서 젊은 남자가 말했다.

"304회, 스물일곱 번째 장면, 세 번째 촬영."

순간 딱따기가 구시렁댔다.

"손가락을 조금만 더 안으로……."

릭이 세트 안으로 두 걸음쯤 옮겨 놓는데 다시 울프 씨가 소리쳤다.

"컷!"

젊은 남자가 딱따기를 다시 카메라 앞으로 가져왔다.

"어라? 나를 아예 부숴 버리고 싶은가 본데?"

딱따기가 으름장을 놓았다.

"304회, 스물일곱 번째 장면, 여덟 번째 촬영."

다시 한번 젊은 남자가 딱따기를 내리쳤다.

"아야! 이번에는 너무 셌잖아."

딱따기가 투덜거렸다.

"컷!"

울프 씨가 외쳤다.

젊은 남자가 딱따기의 통통한 입술을 꼭 쥐고 다시 한번 카메라 앞에 섰다.

"나, 분명히 경고했다……."

딱따기가 침을 꼴깍 삼키며 말했다.

"304회, 스물일곱 번째 장면, 열두 번째 촬영."

젊은 남자가 딱따기를 내리쳤고, 다시 한번 딱따기의 입이 굳게 닫혔다.

"컷!"

울프 씨가 소리를 질렀다.

배우들은 다시 자기 위치로 돌아가 울프 씨의 신호를 기다렸다. 젊은 남자가 다시 카메라 앞에 섰다. 물론 두 손엔 가여운 딱따기를 꼭 쥔 채로. 이제 딱따기는 온몸이 크고 작은 상처로 가득했다.

"계속해. 어디 한번 해 보라고. 얼른 하라니까……."

딱따기가 힘없이 중얼거렸다.

"304회, 스물일곱 번째 장면, 열일곱 번째 촬영."

젊은 남자가 다시 한번 딱따기의 머리를 힘껏 누르며 외쳤다. 그러자 딱따기가 흐느꼈다.

"나 이제 머리에 감각도 없다고……."

그 뒤로도 몇 번 더 재촬영을 하고 나서야 그날 촬영이 모두 끝났다.

울프 씨가 말했다.

"좋아! 여러분, 오늘은 여기까지 하자고. 그만들 가 봐. 얼른 가서 대사 좀 외우라고. 화면 속에서 자기가 어떻게 움직여야 하는지 미리미리 연습도 해 두고. 내일 아침 일찍 야외 촬영 있는 거 다들 알고 있지? 절대 늦지 말라고."

배우, 스태프 들이 줄지어서 스튜디오를 빠져나갔다.

릭은 자기 트레일러로 들어가면서 부서질 듯 세게 문을 닫았다. 그리고 경찰 셔츠를 벗어 던졌다. 주머니 에는 아직도 페니가 들어 있 는데 말이다. 그러고는 긴 의자 위에 털썩 드러누웠다.

　의자 옆에는 미용 도구들
이 꽂힌 통이 하나
놓여 있었다. 그중
에는 좀 전에 페
니와 얘기를 나누던
화장솔도 있었다. 경
찰 셔츠를 벗은 릭은 이
제 완전히 다른 사람 같았다. 릭은 다시 한번 문을 쾅 닫으
며 트레일러 밖으로 나갔다.

　"이봐, 페니. 너 여기 있니? 이제 안전하니까 나와도 돼.
릭은 방송국 밖으로 나갔어."

　화장솔이 페니를 불렀다.

　페니는 주머니 밖으로 살금살금 기어 나와서 주변을 둘러
봤다. 그러다 자기를 바라보는 화장솔과 눈이 마주쳤다.

　"세트장에서 보낸 첫날, 기분이 어땠어? 대사는 까먹지
않았고?"

　화장솔이 물었다.

"난 아무것도 안 했어. 오늘은 계속 릭만 왔다 갔다 했는걸. 감독님은 계속 '컷!'이라고 고래고래 소리만 질렀고. 검은색이랑 흰색이 칠해진 납작한 나무 판이 나보다 더 카메라에 많이 잡혔어."

페니는 실망한 듯 고개를 가로저으며 말했다.

"네 눈에는 내가 그걸 좋아하는 것처럼 보였니?"

문 쪽에서 낯익은 목소리가 들려왔다.

페니와 화장솔이 문 쪽으로 고개를 돌리자 문과 바닥 사이에 난 작은 틈으로 딱따기가 제 몸을 밀어 넣고 있었다. 용케 빠져나온 딱따기가 바닥에서 몸을 일으켰다. 그러고는 통통하고 작은 손으로 온몸에 묻은 먼지를 털어 냈다.

"오늘은 정말 힘든 하루였어."

딱따기가 한숨을 푹 내쉬며 입을 열었다.

"딱따기야, 어디 좀 보자."

화장솔이 딱따기를 바라보며 말했다. 그러더니 꽂혀 있던 통 안에서 점프를 시도해, 페니가 앉아 있는 의자 위에 사뿐히 내려앉았다. 이제부터가 문제였다. 화장솔은 심호흡을 하고서 마루 위로 뛰어내렸다. 자기 몸에 난 털들 덕분에 마

치 낙하산을 탄 것처럼 안전하게 착지할 수 있었다.

페니도 화장솔을 따라 점프를 시도했다. 그런데 릭의 셔츠 솔기에 발가락이 걸리는 바람에 마룻바닥으로 나동그라지고 말았다. 한동안 엉덩이가 얼얼했다. 아무도 페니의 실수를 알아채지 못해 그나마 다행이었다.

화장솔이 깡충깡충 뛰어서 딱따기에게 갔다. 그리고 얼굴에 쓰인 글씨를 유심히 살펴봤다.

"쉰여덟 번째 촬영? 울프 씨가 릭한테 같은 장면을 쉰여덟 번이나 시켰단 말이야?"

화장솔이 물었다.

그러자 딱따기가 성난 목소리로 대답했다.

"그 녀석이 내 배 위에다 써 놨기에 망정이지, 그렇지 않았으면 기억도 못했을 거야. 그 녀석이 자그마치 쉰여덟 번이나 내 머리를 들었다 놨다 한 걸 말이야."

"자, 그만 진정해. 우리가 얼른 너를 새 딱따기처럼 보이게 해 줄게. 잠깐이면 돼."

화장솔이 딱따기를 다독였다.

"정말 고마워, 루비."

딱따기 얼굴이 금방 환해졌다.

화장솔 루비가 마치 화장을 하듯 딱따기를 부드럽게 토닥여 주었다. 그런데 페니는 루비가 정확히 어떤 일을 하고 있는지 알 수가 없었다. 루비의 솔에서 나온 분홍색 먼지 구름이 연막처럼 시야를 가려서 아무것도 보이지 않았다. 잠시 후 먼지가 가라앉자 페니는 깜짝 놀랐다. 그사이에 딱따기가 새것처럼 근사해진 것이다.

"훨씬 좋다. 정말 근사해졌어."

루비가 한 걸음 뒤로 물러서서 감탄하며 말했다.

"나는 카메라 앞에서 너무 많은 시간을 보내고 있어."

딱따기가 신세를 한탄하듯 차분히 말했다.

"너, 릭의 새로운 조연 만났니?"

루비가 물었다.

"우리 아직 정식으로 인사 안 했지? 안녕, 난 딱따기야."

딱따기가 페니에게 손을 내밀었다.

"난 페니라고 해."

페니는 아직 딱따기의 상처가 아물지 않았을까 봐 조심스레 손을 잡으며 악수했다.

그런데 딱따기가 페니를 위아래로 훑어보더니 미덥지가 않은 듯 말했다.

"넌 바니를 별로 닮지 않았는걸."

"그래, 난 그 애를 닮지 않았어. 그건 당연한 거야. 바니는 소품이지만, 난 진짜 연필이거든."

페니가 또박또박 대답했다.

"뭐야, 그러니까 네가 진짜 연필이라고?"

딱따기가 놀라 물었다. 그러고는 루비에게 다가가 숙덕였다.

"의상 팀에서 이 사실을 알고 있어? 쟤가 옷에다 얼룩이라도 남기면 어떡하려고?"

페니가 귀를 쫑긋 세웠다.

"걱정 마. 얼룩 따위는 절대로 남기지 않을 테니까. 나는 종이 위에만 글씨를 쓰거든. 아주 가끔씩은 필통에도 쓰긴 하지만."

"검은 매직펜도 말은 그렇게 했어……."

딱따기가 킬킬 웃으며 대꾸했다.

'검은 매직펜'이라는 말에 페니 얼굴이 하얗게 변했다.

"그래 놓고 내 몸 앞쪽에 온통 낙서를 한 게 바로 그 녀석이지."

딱따기가 계속 말하는 동안 루비는 페니가 얼굴이 창백해진 채 점점 말이 없어졌다는 걸 눈치챘다.

"페니, 너 괜찮니?"

루비가 물었다.

페니가 루비에게 억지로 웃어 보이며 대답했다.

"어, 괜찮아."

루비가 다시 한번 물었다.

"정말이야? 너 지금 좀 창백해 보여. 이럴 때 필요한 걸

내가 아는데……."

루비는 깡충깡충 뛰어 페니에게 다가가더니 얼굴을 토닥 토닥 가볍게 두드렸다. 분홍색 가루가 뽀얗게 피어올라서 페니는 아무것도 볼 수 없었다.

잠시 후 루비가 다시 깡충깡충 뛰어서 제자리로 돌아왔 다. 그리고 자욱한 먼지가 가라앉을 때까지 숨을 참고 기다 렸다.

"페니, 너 정말 멋지다! 이리 와서 네 모습을 좀 봐. 딱따 기야, 좀 도와줄래?"

루비가 신이 나서 말했다.

딱따기가 루비를 향해 뒤뚱뒤뚱 걸어오자 루비가 딱따기 머리 위로 올라갔다.

"준비 됐어?"

딱따기가 묻자 루비가 고개를 끄덕였다.

"하나……, 둘……, 셋!"

딱따기가 큰 소리로 외치며 입을 쩍 벌렸다. 그러자 딱따 기 위에 타고 있던 루비가 위로 솟아올랐다. 그러고는 거울 이 딸린 화장대 위로 사뿐히 내려앉았다. 루비가 페니에게 따라오라는 신호를 보냈다.

"정말 안전한 거야?"

페니가 물었다.

"그야 물론 안전하지. 얼마나 쉬운 일인지 직접 보고도 그러네. 어서 이리로 뛰어오기나 해!"

페니는 긴장한 얼굴로 딱따기 머리 위에 올라섰다.

"그럼 갑니다. 하나……, 둘……, 셋!"

딱따기가 다시 한번 입을 떡 벌렸다. 페니도 화장대를 향해 날아올랐다. 하지만 루비의 부드러운 비행과는 상황이 전혀 달랐다. 페니는 삐뚤빼뚤 날아서 거울에 쿵 부딪친 다음 화장대 위로 떨어졌다.

페니는 가까스로 몸을 추스르고 나서 거울을 쳐다봤다. 하지만 거울 속에 비친 자기 모습은 생각했던 것만큼 근사하지 않았다.

"잠깐만 기다려!"

루비가 재빨리 페니 얼굴에 분을 덧발라 주며 말했다.

"다 됐어. 이제 거울을 봐."

뽀얗게 날아다니던 분들이 가라앉자, 페니는 다시 거울을

들여다봤다. 흠잡을 데 없이 예쁜 연필이 거울 속에서 자기
를 바라보고 있었다.

"어머나, 세상에! 내가 꼭 스타가 된 것 같아."

페니가 환호성을 질렀다.

"그래. 하지만 겉모습이 전부는 아닌걸."

딱따기가 물구나무를 서서 균형을 잡느라 웅얼거리며 말했다.

"하나……, 둘……, 세에에에에에에에엣!"

말이 끝나기 무섭게, 딱따기가 입을 쩌억 벌리며 공중으로 붕 떠올랐다가 화장대 위로 멋지게 내려앉았다. 한숨 돌린 딱따기가 입을 열었다.

"내 말 잘 들어, 꼬마야……."

루비가 말똥말똥 바라보는 가운데 딱따기가 말을 계속했다.

"난 카메라 앞에서 긴 세월을 보냈어. 촬영이라는 게 보는 것처럼 쉬운 일이 아니란다. 아무튼, 루비 너 화장 한번 기막히게 잘했다!"

딱따기의 칭찬에 루비가 흐뭇한 표정으로 고개를 끄덕였고, 페니는 딱따기에게서 눈을 떼지 못했다. 연기에 대한 딱따기의 주옥같은 지혜를 들으려고 꼼짝 않고 기다렸다.

드디어 딱따기가 다시 얘기를 시작했다.

"가장 중요한 건 행동거지야."

"행, 무슨 거지?"

페니가 물었다. 사실 페니는 아주 많은 단어들을 알고 있었다. 하지만 거울에 세게 부딪치고 나서 좀 어지러워서 그런지 도무지 생각이 나지 않았다.

딱따기가 다시 한번 또박또박 말했다.

"행, 동, 거, 지. 네가 서 있거나 움직이는 방법을 얘기하는 거야. 마치 네 몸 전체를 통과하는 끈이 있는 것처럼 행동하는 거라고. 머리끝부터 발끝까지."

"내 몸을 통과하는 연필심처럼?"

페니가 끼어들었다.

"아니. 끈 말이야, 끈. 네 머리 위로 빠져나온 끈은 너를 똑바로 서게 하고 커 보이게 만들지. 배에 힘주고 허리를 쫙 펴 봐."

딱따기가 한숨을 푹 내쉬자 페니는 있는 힘껏 숨을 들이마시며 배를 안으로 쏙 집어넣었다.

"가슴을 딱 펴고."

딱따기가 선생님처럼 말했다.

페니는 가슴을 최대한 활짝 폈다.

"좋아. 이제 양쪽 볼기를 안쪽으로 밀어 넣어 봐."

페니가 양쪽 뺨에 힘을 주어 안으로 쏙 빨아들였다. 페니 입이 마치 물고기 주둥이처럼 보였다.

"그건 볼이잖아."

딱따기가 두 눈을 흘기며 말했다.

"그래, 볼! 그러니까 뺨을 안으로 쏙 넣으라는 거 아니었

어? 이렇게?"

페니가 물고기 입술을 한 채 물었다.

루비가 살며시 몸을 숙여 페니 귀에다 뭐라고 속삭이자 페니의 두 눈이 둥그렇게 커졌다.

페니는 얼른 엉덩이에 힘을 주고 발끝으로 힘겹게 섰다.

딱따기가 고개를 끄덕이며 말했다.

"이제 너는 경찰 연필을 연기할 거야. 그러려면 권위 있게 보이는 게 중요해. 자, 눈썹 사이를 좀 찡그려 봐."

페니가 눈썹 사이를 찌푸려 주름 몇 개를 만들었다.

"조금 더."

딱따기가 강조했다.

그 말이 끝나기 무섭게 페니가 이마에 주름을 잔뜩 만들었다. 무척 화가 난 것처럼 보일 지경이었다.

"그렇게 많이는 말고."

딱따기가 다시 한번 주문했다.

페니가 얼굴 근육을 조금 풀었더니 딱따기의 표정이 밝아졌다.

"바로 그거야. 아주 좋아. 이제 약간 위를 바라보면서 걸어 봐!"

자세가 너무 불편했지만 페니는 정신을 가다듬고 발을 떼었다. 그런데 채 두 걸음도 못 가서 발을 헛디디며 앞으로 거꾸러지고 말았다. 루비가 서둘러 페니에게 달려갔다.

그 모습을 본 딱따기가 고개를 가로저으며 말했다.

"아무래도 오늘은 밤이 아주 길어질 것 같다."

5

야외 촬영

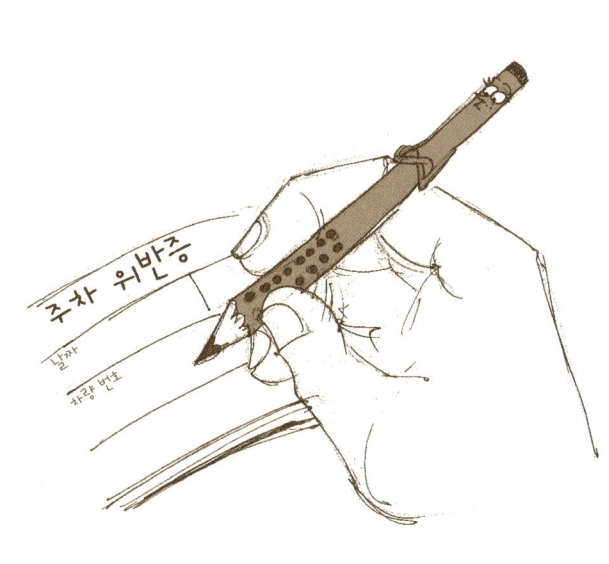

참으로 긴 밤이었다. 페니는 어젯밤 늦게까지 연기 수업을 받았다. 그런데 처음으로 야외 촬영을 하는 날이라 그런지 오늘 아침은 이상하리만큼 상쾌했다. 지난밤 페니는 양쪽 엉덩이에 힘을 꽉 준 채 사방으로 걷는 연습을 했는데, 마치 전신 마사지를 잘 받은 것처럼 몸이 거뿐했다.

"하도 쿵쾅대는 통에 새벽 다섯 시부터 잠이 홀랑 깼지 뭐야."

머리카락을 구불구불하게 만들 때 쓰는 둥근 막대 완다가 징징거렸다. 완다는 지금 전원을 켜고 몸을 데우고 있었다.

"뭐가 쿵쾅댔는데?"

페니가 궁금함을 참지 못하고 물었다.

"넌 못 들었니?"

믿을 수 없다는 듯 루비가 말했다.

"응. 천둥이라도 친 거야?"

페니가 눈을 끔벅였다.

"밖에 나가 보면 알 거야."

루비가 페니의 화장을 손봐 주며 알쏭달쏭한 말을 했다.

그때였다. 갑자기 문이 활짝 열리는 바람에 페니와 미용 도구들이 재빨리 바닥에 납작 엎드렸다.

릭이 화장을 하는 동안 페니는 초조하게 기다렸다. 얼른 밖으로 나가고 싶어서 견딜 수가 없었다. 마침내 경관 의상으로 갈아입은 릭이 페니를 집어서 셔츠 주머니에 쏙 넣었다. 그리고 자리에서 일어나 트레일러 문을 활짝 열었다.

페니는 눈앞에 펼쳐진 것들을 보고도 믿을 수 없었다. 그곳은 트레일러가 서 있던 방송국 주차장이 아니라 어느새 세상에서 제일 근사한 거리로 탈바꿈해 있었다! 번쩍번쩍 광이 나는 자동차들이 크고 고풍스러운 건물 앞에 세워져 있었다. 건물 입구에는 커다란 기둥들이 서 있고, 스무 개쯤 되는 계단 위에는 황동 손잡이가 달린 커다란 나무 문이 자리 잡고 있었다. 그리고 그 문 위에는 '기린은행'이라고

쓰인 커다란 간판이 걸려 있었다.

어제 스튜디오에서 보았던 카메라와 스포트라이트와 굵은
선들이 모두 은행 앞 거리 가운데에 나와 있었다. 물론 울
프 씨의 감독 전용 의자도 한가운데에 자리 잡고 있었다.

페니의 마음을 읽기
라도 한 것처럼, 릭이 건
물 앞으로 걸어갔다. 그리
고 곧장 계단 위로 올
라가서 문을 열었
다. 페니는 은행 안
이 어떤 모습일까 상
상하면서 심호흡을
했다. 순간 페니는 깜
짝 놀라고 말았다.

나무가 아니라 딱딱한 마분지로 만들어진 엉성한 문이었
다. 게다가 문 안쪽이 건물 내부로 이어지지도 않았다. 그곳
에는 풀과 나무와 오리가 사는 작은 연못이 있었다. 자세히
보니 랄프와 사라가 여름 방학이면 가끔씩 소풍을 나오던
바로 그 공원이었다.

문 뒤에서는 한 남자가 커다란 사진을 문에 고정시키느라
낑낑대고 있었다. 사진 속에는 은행 내부의 모습이 담겨 있
었다.

"비켜 주세요. 저리 비키세요."

그 남자가 장난스러운 표정으로 릭을 살짝 밀쳤다. 그러자 릭이 일부러 길을 막고 서서 윙크를 하며 물었다.

"롭, 아직 안 끝났어요?"

"자네가 길을 막지 않았으면 벌써 끝냈을 텐데 말이야. 바쁘지 않으면 이거나 좀 들어 주게나."

롭이 납작한 못들이 담긴 통을 릭에게 건넸다.

"5분 전!"

울프 씨의 목소리가 확성기를 타고 울려 퍼졌다. 그러자 모든 사람들이 세트 손질을 마무리하느라 더욱 바빠졌다.

"근사해 보이는데요. 진짜 같아요."

못이 담긴 통을 들고서 릭이 칭찬했다.

"카메라 앞에 서는 것은 뭐든지 근사해 보여야지."

그 순간, 롭의 망치가 릭의 손을 내리쳤다. 대답을 하느라 한눈을 판 것이다.

"아야!"

릭이 비명을 질렀다.

"모두 제자리로!"

울프 씨가 확성기를 들고 있는 힘껏 외쳤다.

릭이 은행 앞에 설치된 주차 요금기를 향해 걸어갔다. 주차 요금기에 '시간 초과'라는 글씨가 표시되어 있었다. 릭은 수첩을 펼친 다음, 주머니에서 페니를 꺼냈다. 그리고 주차 위반증 끊을 준비를 했다. 페니는 양쪽 엉덩이를 안으로 바짝 당기고, 가슴을 당당하게 펴고, 카메라를 향해 활짝 미소를 지었다.

모든 사람들이 제 위치로 가서 서자, 울프 씨가 확성기를 입에 바짝 대고 소리를 질렀다.

"애애애애애애애애…… 액션!"

젊은 남자가 딱따기를 들고 카메라 앞에 섰다. 딱따기는 지금 곯아 떨어져 있었다. 밤늦게까지 페니에게 연기 지도를 하느라 잠이 턱없이 부족했기 때문이다. 젊은 남자가 딱따기의 입을 있는 대로 벌리며 말했다.

"304회, 서른두 번째 장면, 첫 번째 촬영."

그러고는 딱따기의 입을 힘껏 닫았다.

화들짝 놀라 잠에서 깬 딱따기가 주변을 두리번거렸다.

"누구야……? 무슨 일이야……? 뭐라고……?"

딱따기가 침까지 튀겨 가며 쉬지 않고 물었다.

페니는 터져 나오려는 웃음을 꾹 참았다. 그리고 담담한 표정으로 주차 위반증에 글씨를 써 내려갔다.

바로 그때, 경보음이 요란하게 울렸다. 릭이 고개를 들어 은행을 바라보니 검은색과 흰색의 줄무늬 옷을 입은 복면 강도가 불룩한 천 가방을 들고 은행 정문 앞 계단을 뛰어 내려오고 있었다. 가방의 벌어진 틈으로 빠져나온 지폐들이 사방으로 날렸다.

릭은 페니를 주머니에 집어넣은 다음 옆구리에서 권총 허버트를 꺼내 손에 꼭 쥐고는 추격을 시작했다.

"컷!"

울프 씨가 소리를 지르더니 의자에서 벌떡 일어나 릭을 향해 성큼성큼 걸어갔다.

"뭐가 잘못된 거죠?"

릭은 이유를 알 수
없어 화가 났지만
꾹 참고 물었다.

"이, 게, 뭐, 지?"

울프 씨가 릭의 주

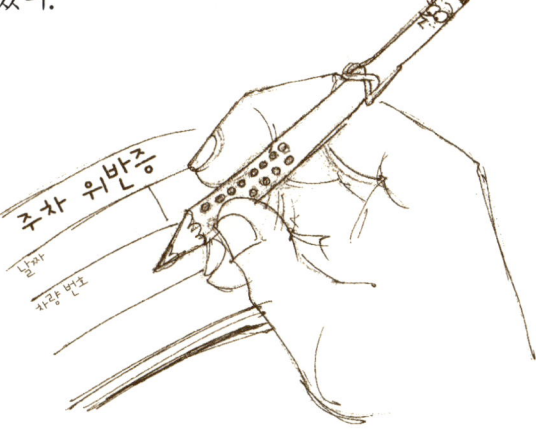

주차 위반증
날짜
카공항 번호

머니에서 페니를 꺼내며 물었다. 화를 참느라 이를 앙다물고 있었다.

페니는 움찔하며 몸을 잔뜩 뒤로 뺐다. 조금이라도 울프씨의 시야에서 멀어지고 싶었다.

릭이 차분하게, 울프 씨의 말투를 흉내 내어 대답했다.

"연, 필, 이, 죠."

"그건 나도 아네, 오셔. 자네가 어제 사용했던 소품은 어디로 간 거지?"

울프 씨가 릭의 대답을 기다렸다.

"촬영 마치고 트레일러에 두고 갔는걸요. 제가 한번 확인해 볼게요."

릭이 대답을 하면서 세트 밖으로 나가려고 하자 울프 씨가 붙잡았다.

"그럴 필요 없어. 꼼짝 말고 자네 자리나 지키게. 촬영 시간이 부족하다고 몇 번이나 말했나? 연필에 관한 건 샤나에게 맡기라고."

울프 씨가 팔을 쭉 뻗더니 달랑 두 손가락으로 페니를 들어 올렸다. 페니는 거친 아스팔트 위에 위험스럽게 매달려 있었다.

샤나가 다가와 네 손가락으로 페니를 안전하게 받아 들었다. 그러고는 도무지 알 수 없다는 표정으로 페니를 살펴봤다.

"어제 오셔서 잃어버린 연필이랑 최대한 비슷하게 만들어 봐. 그렇지 않으면 담당자들 모두 각오해야 할 거야."

울프 씨가 성큼성큼 걸어서 자기 의자로 갔다.

샤나가 등 뒤로 손을 뻗어 무언가를 집어 들었다. 페니도 눈을 동그랗게 뜨고 지켜봤다.

"루비! 네가 세트장에도 나올 줄은 몰랐어."

페니가 반가운 마음에 환호성을 질렀다.

"여긴 네가 모르는 것이 아주 많아. 자, 가만히 있어 봐. 내가 경찰처럼 보이게 해 줄 테니까."

루비가 제 몸에 분홍 가루를 잔뜩 묻히더니 재빠르게 움직이며 페니를 단장했다. 그러고는 한 걸음 물러서서 분홍 가루들이 가라앉을 때까지 기다렸다.

"음, 훌륭해. 자, 이제 가서 본때를 보여 주라고."

루비가 전문가다운 눈길로 페니의 모습을 꼼꼼히 뜯어보

더니 눈을 찡긋했다.

페니가 고개를 끄덕이는 사이, 샤나는 루비를 챙겨서 릭이 있는 쪽으로 갔다.

"준비, 애애애애애애애애…… 액션!"

울프 씨가 외쳤다.

"304회, 서른두 번째 장면, 두 번째 촬영."

젊은 남자가 카메라 앞에서 딱따기 입을 세게 내리치며 말했다. 딱따기는 아무 말도 못 하고 노려보기만 했다.

릭이 주차 위반증 끊는 장면부터 다시 촬영했다. 경보기가 울리며 복면강도가 묵직한 돈 가방을 들고 은행 계단을 뛰어 내려왔다. 가방에서 빠져나온 지폐들이 사방으로 날렸다. 릭은 페니를 주머니에 넣고 서둘러 권총을 꺼냈다. 그리고 자동차를 훌쩍 뛰어넘으며 범인을 쫓기 시작했다. '쿨 경관의 뜨거운 추격전' 배경 음악이 울려 퍼졌다. 페니는 평소처럼 음악에 맞춰 춤을 추기 시작했다. 그러다 문득 자기는 진지한 경찰 연필이라는 사실이 떠올랐다. 지금 쿨 경관은 은행 강도를 추격하고 있지 않은가! 그러니 레드 경관도 그에 걸맞는 표정을 지어야 했다. 페니는 범인과 싸우는 경찰처럼 보이게 하느라 최선을 다했다.

여느 때처럼, 쿨 경관은 은행 강도를 따라잡아 그를 덮쳤다. 두 사람은 서로 뒤엉긴 채 땅 위로 나동그라졌다. 납작하게 엎드린 강도의 등을 발로 누르고, 쿨 경관이 강도의 두 손에 수갑을 채웠다. 그러고는 텅 빈 돈 가방을 범인의 눈앞으로 가져가 보이며 말했다.

"이제 분명히 알겠지. 범죄는 득이 될 게 없어."

"컷!"

울프 씨의 목소리가 확성기를 타고 울려 퍼졌다.

"좋았어! 오늘 촬영은 여기까지 하도록 하지. 다음 회 대본 챙기는 거 잊지 말고……."

잠시 후 확성기를 내려놓으며 울프 씨가 중얼거렸다.

"다음 회를 찍는다면 말이지⋯⋯."

울프 씨의 얘기를 듣고 깜짝 놀란 확성기 메그의 두 눈이 휘둥그레졌다.

✳

릭의 트레일러로 돌아오자, 루비와 다른 미용 도구들이 페니 주변으로 모여들었다. 그리고 흥분한 목소리로 수다를 떨기 시작했다.

"오늘 정말 근사했어, 페니."

루비가 말했다.

"페니를 이렇게 권위 있어 보이게 만들다니, 루비 너도 정말 대단해."

완다도 거들었다.

"여러분, 주목해 주세요."

어디선가 딱따기의 목소리가 들려왔다. 그런데 평소와 달리 너무 크고 낯설었다. 간간이 기계음도 섞여 있었다.

페니와 미용 도구들이 주위를 둘러봤다. 딱따기가 울프

씨의 확성기를 입에 바짝 댄 채 문 앞에 서 있었다.

"아, 아. 확성기 메그가 우리한테 중요하게 할 말이 있대."

딱따기가 메그를 바닥에 내려놓은 다음 격려의 미소를 지어 보였다.

딱따기의 미소에 용기를 얻은 메그가 조용히 입을 열었다.

"우리 프로그램에 문제가 생겼어."

페니와 미용 도구들은 메그의 말을 거의 알아듣지 못했다. 목소리가 너무 작았다.

"뭐라고?"

루비가 손가락으로 귀를 후비며 큰 소리로 물었다.

"우리 프로그램에 문제가 생겼다고 했어."

메그가 목소리를 살짝 키우며 말했다.

그제야 메그의 말을 알아들은 미용 도구들이 웅성거리기 시작했다.

"뭐라고?"

"도대체 왜?"

하지만 이것도 잠시, 페니의 흐느끼는 소리에 모두들 잠잠해졌다.

"난 이제 막 출연하기 시작했는걸!"

"걱정 마, 페니. 너 때문에 일어난 일이 아니야. 메그, 좀 전에 나한테 했던 얘기, 친구들한테도 들려줘."

딱따기가 페니를 위로했다.

"그게······."

메그가 목청을 가다듬고 차분하게 이야기를 꺼냈다. 모두 들 메그의 말을 들으려고 가까이 모여들었다.

"울프 씨가 모두에게 다음 회 대본 잘 챙기라고 말한 다음에, '다음 회를 찍는다면 말이지.' 하고 중얼거리는 소리를 들었어."

"네 생각에는 그게 무슨 뜻인 것 같아?"

완다가 물었다. 그러자 잠시 생각에 잠겼던 딱따기가 대답 했다.

"방송국에서 쿨 경관 촬영을 중단할 수도 있다는 뜻일 거야."

"하지만 그럴 수는 없어. 쿨 경관은 랄프가 제일 좋아하 는 프로인걸! 랄프네 반 아이들도 모두 그 프로를 얼마나 좋아한다고."

페니가 목청을 높였다. 페니는 그 자리에 모인 미용 도구나 촬영 도구들보다 훨씬 흥분해 있었다.

"메그, 넌 알아? 이 프로를 왜 중단하려고 하는지."

루비가 차분한 목소리로 물었다. 그러자 메그가 심각한 표정으로 말을 이었다.

"시청률과 관계가 있는 것 같아. 제작자가 울프 씨에게 하는 소리를 들었어. 우리 프로를 시청하는 아이들이 줄어들어서, 장난감 회사 광고가 떨어져 나가고 있다고."

"그렇지 않아! 랄프네 반 아이들 모두 쿨 경관의 열렬한 팬인걸! 방송이 중단되면 아이들 모두 엄청 실망할 텐데."

페니가 울먹이며 말했다.

미용 도구와 촬영 도구들도 저마다 한마디씩 하면서 고개를 끄덕였다.

"그래도 아직 쿨 경관이 끝난다고 말한 사람은 없어."

메그가 또박또박 이야기했다.

"하지만 네가 조금 전에 다음 회를 찍지 않는다고 했잖아?"

의아한 표정으로 루비가 물었다.

“그래. 하지만 재방송도 안 한다는 뜻은 아니니까.”

메그의 말에 모두들 놀라서 입을 다물지 못했다. 미용 도구들은 하나같이 겁에 질린 표정이었다.

페니가 잔뜩 긴장한 얼굴로 주변을 둘러보더니 물었다.

“재방송이 뭐야?”

모두들 페니를 보며 도리질을 했다. 어쩌면 저렇게 아무것도 모를 수 있는지 도저히 믿기 힘들다는 표정들이었다.

“재방송은 새로 찍지 않고 전에 방송했던 것을 다시 보여 주는 걸 말하는 거야.”

딱따기가 친절히 설명해 주었다.

“하지만 그건 너무해! 랄프는 지나간 방송들을 이미 다 봤는걸. 재방송을 하면 틀림없이 지루해할 거야.”

페니가 흥분하며 말했다.

“그것보다 더 끔찍한 것도 있어.”

루비가 페니의 어깨에 손을 얹으며 말했다.

페니의 눈이 두 배로 커지더니 조그만 소리로 물었다.

“랄프가 속상한 것보다 더 끔찍한 게 도대체 뭔데?”

루비가 한숨을 쉬며 대답했다.

"우리 모두 일자리를 잃게 될 거야."

페니는 할 말을 잃고 말았다.

"만일……."

"만일, 뭐?"

딱따기가 말하려는데 페니가 얼른 끼어들었다.

모두의 시선이 딱따기를 향했다. 좋은 생각이 떠올랐는지 허공을 바라보던 딱따기 얼굴에 미소가 번지기 시작했다.

"만일 카메라 앞에 선 누군가가 다음 회를 찍어야만 하는 이유를 만들어 줄 수 있다면, 얘기가 달라지지."

딱따기가 제법 심각하게 말을 꺼냈다.

그 순간 모두의 시선이 페니에게 쏠렸다.

"딱따기 말이 옳아. 페니, 우리 중에서 감독 눈에 띌 수 있는 건 너뿐이야. 이제 모든 것은 네 손에 달렸어."

페니가 걱정 가득한 얼굴들을 둘러보았다. 모두 잔뜩 기대에 찬 눈으로 자기를 바라보고 있었다. 페니는 모두를 향해 어색한 웃음을 지어 보였다.

6

불청객

페니에게는 모든 것들이 혼란스러웠지만, 랄프는 평소와 다름없는 일상을 보내고 있었다. 사라 할머니는 머리를 파랗게 물들이기 위해 미장원에 갔고, 학교에서 돌아온 랄프와 사라는 텔레비전을 켠 채 식탁에 앉아서 숙제를 하고 있었다.

랄프가 필통 속을 이리저리 뒤적이느라 시끄러운 소리를 내자 사라가 짜증스럽게 쳐다봤다.

"사라, 내 연필 못 봤니?"

"또 잃어버린 거야?"

사라가 자기가 묻는 말에는 대답 안 하고 핀잔하듯 되물어서 랄프는 꼭 바보가 된 기분이 들었다.

"그럴 리가 없는데……. 사라, 네 필통 좀 봐도 될까? 혹

시 네가 실수로 내 연필을 가져갔을지도 모르잖아."

사라가 랄프에게 눈을 흘겼다. 그러고는 자기 필통 속에 든 것들을 몽땅 꺼내 식탁 위에 올려놓았다.

"랄프, 머리를 멋으로 달고 다니니? 잘 좀 챙겨."

사라가 쌀쌀맞게 말했다. 그런데 마침 텔레비전에서 쿨 경관의 주제가가 흘러나왔다.

"아, 쿨 경관 할 시간이잖아!"

랄프는 연필 찾는 걸 포기하고 사라와 함께 텔레비전 앞으로 달려갔다. 둘은 나란히 마룻바닥에 자리를 잡고 앉았다. 랄프와 사라의 필기구들도 저마다 탁자 위에 자리를 잡고 앉았다. 모두들 평소보다 상기된 표정이었다. 오늘 페니가 처음으로 텔레비전에 나올지도 모르기 때문이었다.

주제가가 끝나고 드디어 쿨 경관이 화면에 모습을 드러냈다. 쿨 경관은 경찰서 책상에 앉아 뭔가를 쓰고 있었다.

"친구, 그것이 바로 법이라네."

쿨 경관이 이렇게 말하며 종이 위에 폼 나게 서명을 하자

카메라가 쿨 경관 손에 꼭 쥐어진 연필을 점점 클로즈업했다. 경찰복을 차려입은 페니가 카메라를 향해 윙크했다.

랄프와 사라의 필기구들이 일제히 박수를 치면서 환호성을 질렀다.

"페니 너무 잘하지 않니?"

노란 색연필이 말을 꺼냈다.

"우리 페니가 저렇게 대스타가 될 거라고 누가 생각이나 했어?"

초록 색연필이 눈시울을 붉히며 말했다.

"수정액, 네 생각은 어때?"

폴리는 수정액이 살짝 찌푸리고 있는 걸 발견하고서 조심스럽게 질문을 던졌다.

"페니는 정말 잘하고 있어. 의심할 여지가 없지. 그리고 나는 페니가 자랑스러워. 단지……."

수정액이 말끝을 흐렸다.

"단지 뭐?"

맥이 물었다.

"단지, 페니가 학교를 좀 더 다니면 좋겠다는 생각을 떨칠

수가 없어서 그래. 혼자서 저렇게 크고 넓은 세상으로 나가
기에는 준비가 미흡한걸. 아직은 말이야."

수정액이 말했다.

"페니는 전에도 혼자 힘으로 잘 해냈잖아."

폴리가 걱정을 덜어 주려는 듯 얘기했다.

"나도 알아. 하지만 이번에는 연예계에 발을 들여놓았잖
아. 그곳은 깊이가 없어. 모두 겉모습만 중요하게 여기지. 겉
모습만 말이야."

수정액의 말을 듣고 사전이 고개를 끄덕였다. 연필들은 지

금 모두 사전 위에 올라와 앉아 있었다. 조금이라도 더 텔레비전 화면을 잘 보기 위해서였다.

"전적으로 옳은 말이야. 표지만 보고 책을 평가하면 안 되는 것처럼 겉모습이 전부는 아니거든."

사전이 말했다.

"그뿐만이 아니에요. 저는 정서적으로 민감한 시기를 보내고 있는 페니가 이런저런 말들로 상처를 입을까 봐 걱정인 걸요. 뚱뚱하다거나, 별로 예쁘지 않다거나 하는 말은 분명히 아직 어린 페니의 마음을 아프게 할 거예요."

수정액이 사전과 주거니 받거니 페니 걱정을 늘어놓았다.

폴리는 곁눈질로 텔레비전을 보았다. 화면에는 돋보기를 들고 증거를 찾고 있는 페니가 클로즈업되었다. 돋보기를 통해 보이는 커다란 눈과 비교하니, 페니의 몸이 터무니없이 가늘게 보였다.

"페니가 좀 수척해진 것 같아. 우리가 도울 수 있는 일이 뭐 없을까?"

폴리가 걱정스러운 목소리로 말했다.

"좋아하는 사탕이랑 과자를 좀 보내면 어때?"

이번엔 맥이 한마디 했다.

"어떻게 말이야? 난 페니가 이번 기회에 아주 홀로 서는 법을 터득해 버릴까 봐 걱정이야."

수정액이 말했다.

"쉿! 조용히 좀 해 봐. 뭐가 어떻게 돌아가고 있는지 하나도 안 들리잖아."

초록 색연필이 속삭였다.

수정액, 맥 그리고 폴리는 다시 텔레비전 화면에 집중했다. 페니가 한 손엔 돋보기를, 다른 한 손엔 '증거'라고 쓰인 종이를 들고서 의기양양한 표정을 짓고 있었다.

연신 박수를 치고 환호성을 질러 대던 랄프와 사라의 필기구들이 헐레벌떡 제자리로 돌아갔다. 랄프와 사라가 숙제를 마저 하려고 식탁으로 돌아왔기 때문이었다.

*

건너편 동네에 사는 말썽꾸러기 버트도 쿨 경관을 봤다. 하지만 벌써 다시 숙제를 시작한 랄프, 사라와는 달리 아직

화면에서 눈을 떼지 않고 있었다. 책상 위에 숙제를 그대로
펼쳐 둔 채로 화면 위로 올라오는 자막을 유심히 지켜보는
중이었다. 버트의 필기구들은 모두 책상 위에서 빈둥대고
있었다. 커다랗고 둥근 검은 녀석 하나만 따로 떨어져 앉아
서 못마땅한 표정으로 화면을 노려보았다.

그 순간, 거실 문이 벌컥 열리자 검은색 필기구는 얼른 바닥에 엎드렸다. 방송국에서 딱따기를 내리치던 젊은 남자가 방 안으로 미끄러지듯 들어왔다.

"지나갔어?"

젊은 남자가 버트에게 물었다. 버트의 시선은 여전히 텔레비전 화면에 고정되어 있었다.

"아직 안 나왔어."

버트의 두 눈은 여전히 화면 이쪽저쪽으로 부지런히 움직이고 있었다. 화면 위로 올라가는 이름을 읽기 위해서였다.

"저기 있다!"

화면에 '램지 오리어리'라는 이름이 올라가자 딱따기를 치던 젊은 남자가 외쳤다.

"형, 텔레비전에 이름이 나오는 직업을 가지다니 정말 근사하다. 그것도 쿨 경관을 만드는 일을 하다니 말이야!"

버트가 흥분을 감추지 못했다. 형 이름이 텔레비전에 나와서 감동받은 모양이었다.

탁자 위에 있던 검은색 필기구가 쿨 경관이라는 말에 귀를 쫑긋 세웠다.

"너도 학교 공부 열심히 하면 방송국에 멋진 일자리를 얻을 수 있어. 자, 얼른 숙제 끝마쳐야지. 그 전에 먼저 형한테 물 한잔 떠다 주고."

딱따기 치던 젊은 남자, 램지가 히죽히죽 웃으며 말했다.

"형이 마실 물을 내가 왜 떠 와. 목마른 사람이 직접 떠다 드시지!"

버트가 인상을 쓰며 버럭 소리를 질렀다.

그러자 램지가 으름장을 놓았다.

"너 숙제도 안 하고 텔레비전만 봤다고 엄마한테 이른다!"

"엄마는 상관 안 할걸. 형이 그 프로에 출연한다고 해도 말이야. 안 그래?"

말은 그렇게 하면서도 버트는 속으로 조금 겁이 났다.

램지가 의미심장한 눈빛으로 쳐다보자 버트는 결국 주눅이 들고 말았다. 계속 이렇게 버티고 있느니 형 말을 따르는 편이 나을 것 같았다.

버트는 형이 마실 물을 가져오려고 자리에서 벌떡 일어났다. 그런데 그만 숙제를 펼쳐놓은 탁자에 쾅 부딪치고 말았다. 그때 탁자 위에 놓여 있던 크고 둥근 검은색 필기구가 요란한 소리를 내면서 바닥으로 굴러 떨어졌다.

"칠칠맞지 못한 녀석."

램지는 뭐가 떨어졌는지 살피려고 소파에서 일어서며 투덜거렸다.

마침 자기에게 꼭 필요한 것이 거실 바닥에 널브러져 있었다. 방송국에서 딱따기 위에 글씨를 쓸 때 꼭 필요한 것. 바로 두껍고 검은 매직펜이었다.

"이건 내가 챙겨야겠군."

램지가 씩 웃으면서 검은 매직펜을 집어 들더니 검정색 바지 뒷주머니에 찔러 넣었다. 바로 그때, 버트가 손에 물컵을 들고 헐레벌떡 거실로 돌아왔다.

"고마워."

램지가 물컵을 받아 들며 말했다. 그리고 물을

다 마신 다음 돌아서며 다시 한번 말했다.

　"고맙다, 버트."

　"형, 어째서 물 한잔 먹고 두 번이나 고맙다고 하는 거
야?"

버트가 의심에 찬 눈초리로 물었다. 하지만 램지가 검은 바지를 입고 있어서 버트는 결국 검은 매직펜을 보지 못했다. 램지의 바지 뒷주머니 속에서 의기양양한 미소를 짓는 검은 매직펜을! 그리고 곧 움직이는 궁둥이에서 풍겨 오는 고약한 냄새 때문에 검은 매직펜이 얼굴을 찌푸리는 것도 눈치채지 못했다.

7

고쳐진 대본

며칠이 흘렀고, 쿨 경관 촬영은 순조롭게 진행되지 못하고
있었다. 쿨 경관 복장을 한 릭이 경찰서 취조실 책상을 두
팔로 짚고 서서 실망스러운 표정으로 용의자를 쳐다보았다.
책상 맞은편에 앉은 용의자는 겨우 웃음을 참고 있었다.

"컷, 컷, 컷, 컷, 컷!"

울프 씨가 몹시 흥분한 얼굴로 고함을 질러 댔다.

릭이 울프 씨를 돌아보며 물었다.

"이번에는 또 뭐가 문제인가요?"

"오셔! 자네, 대본은 읽어 본 건가?"

울프 씨가 성난 목소리로 따졌다.

"글쎄요……. 대본, 대본이라……."

릭이 괜히 턱을 문지르며 말끝을 흐렸다. 그러자 울프 씨

가 두꺼운 종이 뭉치를 흔들어 보이며 퍼부었다.

"이 대본 말일세!"

"아, 그 대본이요. 물론 읽어 봤죠."

릭이 그제야 생각났다는 듯 이마를 탁 치며 말했다. 그러고는 볼멘소리를 했다.

"저는 프로인걸요."

"혹시 건망증이 자네 집안 내력인데 나한테 말을 안 한 건가?"

"감독님이 상관하실 바는 아니지만, 집안 내력은 아닙니다."

"그럼 요새 머리에 충격받은 적 있나? 가벼운 뇌진탕이나 뭐 그런 거 말이야."

"도대체 무슨 말씀을 하시는 거예요?"

릭은 울프 씨가 무슨 말을 하는 건지 도무지 알아들을 수가 없었다.

울프 씨가 대본을 가리키며 목소리를 점점 높였다.

"308회. 열두 번째 장면. 취조실. 용의자가 말한다. '당신은 나한테서 아무것도 알아낼 수 없어.' 그러면 자네가 뭐라고 대답해야 하지?"

"난 당신을 아주 오랫동안 찬장에 가둬 둘 수 있을 만큼 충분한 정보를 확보했어."

릭이 당당하게 자기 대사를 외웠다.

울프 씨의 얼굴이 벌겋게 변했다. 금방이라도 폭발해 버릴 것만 같았다.

"아니야! '난 당신을 아주 오랫동안 철창에 가둬 둘 수 있을 만큼 충분한 정보를 확보했어.'라고 해야지. 위에서부터 다시 하자고. 자, 다시 애애애애애애애애…… 액션!"

램지가 딱따기를 카메라 앞으로 가져갔다. 그리고 천천히 딱따기의 입을 크게 벌렸다. 단잠을 자고 있던 딱따기는 전혀 눈치채지 못하고 있었다.

"308회, 열두 번째 장면, 두 번째 촬영."

램지가 큰 소리로 말하면서 딱따기의 윗니와 아랫니를 서로 맞부딪치자 그제야 딱따기가 눈을 번쩍 떴다. 그리고 램지를 향해 불끈 쥔 두 주먹을 부르르 떨었다.

"너 자꾸만 이러면, 치과 치료비 청구한다."

딱따기가 경고했다.

용의자를 취조하는 장면 촬영이 다시 시작되었다.

"일을 쉽게 풀어 갈 수도 있고, 아주 어렵게 만들 수도 있어."

릭이 책상에 기대어 용의자에게 으름장을 놓았다.

"당신은 나한테서 아무것도 알아낼 수 없어."

용의자가 말했다.

"난 당신을 아주 오랫동안 철창에 가둬 둘 수 있을 만큼 충분한 정보를 확보했어."

릭이 또박또박 말했다.

"우리, 거래를 하는 게 어때?"

용의자가 두 눈을 가늘게 뜨며 릭에게 제안했다.

"나는 당신 같은 인간쓰레기하고는 같이 머리 안 해."

"컷!"

릭의 다음 대사를 듣던 울프 씨가 외쳤다.

"이번엔 또 뭐예요?"

릭이 물었다. 이번에는 눈까지 흘기고 있었다.

"자네는 저 사람 같은 인간쓰레기하고는 같이 머리 안 한다고? 그럼 누구하고 같이 머리를 하나?"

릭이 어깨를 으쓱하며 아무렇지 않은 듯 말했다.

"사실, 저는 다른 사람이랑 같이 머리 안 해요. 미용실에는 언제나 혼자 가는걸요. 저는 그냥, 대본에 적힌 대로 말한 것뿐이라고요."

울프 씨가 고함을 질렀다.

"도대체 대본 어디에 머리하러 가는 얘기가 나온다는 건가! 용의자가 거래를 하자고 제안했어. 그러면 자네는 뭐라고 대답해야 옳겠나?"

"그야 물론 '나는 당신 같은 인간쓰레기하고는 같이 거래 안 해.'라고 해야겠죠. 하지만 대본에는 그렇게 나와 있지 않은걸요."

릭이 억울하다는 듯 대답했다.

"오, 그래?"

울프 씨가 손에 들고 있던 대본을 릭의 코앞에 바짝 갖다 댔다. 그 바람에 릭의 머리카락이 살짝 흔들렸다.

"그럼, 어디 한번 볼까요."

릭이 대본을 받아 들었다.

거기에는 분명 '나는 당신 같은 인간쓰레기하고는 같이 거래 안 해.'라고 적혀 있었다. 릭이 눈살을 찌푸렸다.

"내 대본은 이렇지 않았는데……."

릭이 중얼거렸다.

"이봐, 용의자. 자네 대본에는 제대로 적혀 있나?"

울프 씨가 용의자 역을 맡은 배우에게 물었다.

용의자 역 배우가 가만히 고개를 끄덕였다.

울프 씨가 주변의 제작진들을 향해 큰 소리로 물었다.

"자네들 중에 같이 '머리' 안 한다고 적힌 대본 가진 사람
있나?"

모두들 자기 대본을 확인했다. 그러고는 고개를 가로저었
다. 울프 씨가 보란 듯이 미소를 지었다.

"이 대본을 가져가게, 릭. 모두 5분간 휴식! 릭이 제대로
된 대본을 읽을 시간을 줘야 하니까."

울프 씨가 빈정댔다.

대본의 나머지 부분을 읽던 릭은 놀라서 눈이 휘둥그레
졌다.

"아, 내가 용의자에게 입 닥치라고 말해야 하는구나……."

하루 종일 촬영이 계속되었다. 마침내 모든 일정이 끝나

고, 페니는 완전히 녹초가 되어 화장대 위에 드러누웠다. 루
비가 깡충깡충 뛰어서 페니 옆으로 왔다.

"페니, 너 괜찮니?"

루비가 페니를 내려다보며 안쓰럽게 물었다.

페니는 너무 피곤해서 대답할 기운도 없었다.

"오늘 힘겨운 하루를 보낸 모양이야. 우리까지 부담 주지
말자. 그냥 편안히 쉬게 하자고."

완다가 말했다.

문밖에서 뭔가 발을 질질 끄는 소리가 들렸다. 루비와 완
다가 얼른 돌아보니 문틈으로 딱따기의 모습이 조금씩 보였

다. 딱따기가 낑낑대며 제 몸을 문틈으로 밀어 넣고 있었다.

"부담? 부담을 원하는 거면, 내가 얼마든지 도와줄 수 있어. 양손으로 위턱이랑 아래턱을 꽉 잡고서 있는 힘껏 부딪쳐 봐. 그것도 하루 종일 말이야. 릭이 대본을 제대로 외우기만 했어도……."

딱따기가 온몸에 묻은 먼지를 털어 내며 말했다.

릭에 대한 얘기가 나오자, 페니가 눈을 번쩍 떴다. 그리고 들릴 듯 말 듯 중얼거렸다.

"그건 릭의 잘못이 아니야."

"물론 아니었지. 릭은 오후 내내 단 한 번도 실수를 한 적이 없고말고."

딱따기가 비꼬듯 말했다. 그러더니 물구나무 자세로 입을 떡 벌린 채 페니가 누워 있는 화장대 위로 뛰어 올라갔다.

딱따기가 눈을 흘기자 페니도 다시 한번 분명히 말했다.

"릭의 잘못이 아니래도 그러네. 누군가 릭의 대본에 손을 댄 거야. 너도 들었잖아."

"그래. 나도 아주 잘 들었어. 릭이 이상한 대본을 가졌고, 그래서 멍청이가 되고 말았지."

딱따기가 쿨 경관의 말투를 흉내 내며 말했다.

"얘들아, 우리는 모두 같은 편이야. 내가 보기에도 누군가 릭의 대본을 고친 것 같아. 그러니 이제 싸움은 멈추고, 대본에 손을 댄 사람을 함께 찾아보는 게 어떨까?"

루비가 살며시 다가가 딱따기를 진정시키며 말했다.

어느새 페니와 딱따기가 서로 노려보는 걸 멈추고 루비의 말에 귀를 기울였다.

"페니, 지금부터 잘 생각해 봐. 넌 하루 종일 릭 옆에 붙어 있었잖아. 릭이 대본을 어디에 뒀었니?"

페니가 곰곰이 생각에 잠겼다.

"음……, 저기 저 의자 위에."

페니가 대본이 놓인 릭의 의자를 가리켰다.

"딱따기야, 정말 미안하지만, 우리한테 저 대본 좀 가져다 줄 수 있어?"

루비가 다정하게 부탁하자 샐쭉해진 딱따기가 마지못해 대본을 집어 왔다.

대본을 서둘러 넘기며 루비가 물었다.

"릭이 곤란을 겪은 장면이 어디야?"

"전부 다야. 겨우 열여섯 번째 장면까지 찍었는걸."

딱따기가 웅얼거렸다.

"알았어. 어디 보자……"

루비가 대본의 열여섯 번째 장면을 펼쳤다. 너무 놀란 나머지 숨을 쉴 수가 없었다.

"무슨 일이야?"

페니가 물었다.

페니와 딱따기는 루비를 향해 깡충깡충 뛰어가 까치발을 하고 루비의 어깨 너머로 대본을 읽었다. 대사의 일부가 시커멓게 칠해져서 보이지 않았다. 대신 위쪽 빈 공간에 굵고 검은 매직펜으로 새로운 글자들이 적혀 있었다. 페니는 순식간에 얼굴이 창백해지며 떨기 시작했다.

딱따기가 입을 열었다.

"우리 착한 릭은 멍청하게 누가 자기 대본에 손을 댔는지도 모르고……"

그러자 루비가 딱따기의 말을 막았다.

"제발 그만해. 원래 작가들은 촬영 직전까지 대본을 손보기도 해. 너도 잘 알잖아. 작가들이 어떤지……"

"아니야······. 그럴 리 없어."

페니가 중얼거렸다.

"뭐라고?"

루비가 페니를 쳐다보며 물었다.

"있을 수 없는 일이라고."

페니가 나지막한 목소리로 말했다.

루비와 딱따기가 불안한 눈빛으로 서로를 바라보았다.

"뭐가 있을 수 없다는 거야?"

딱따기가 조바심을 냈다.

"누가 이런 짓을 했는지 알아."

페니가 딱딱하게 굳은 얼굴로 말했다.

"그게 누구야?"

루비의 두 눈이 반짝였다.

"어디에서든, 나는 이 잉크를 구별해 낼 수 있어."

페니가 말했다.

"네가? 어떻게? 이 잉크가 누구 건데?"

딱따기가 다그쳤다.

"필통에 들어 있는 모든 필기구들 중에서 유일하게 사악하고, 심술궂고, 증오에 차 있는 녀석이야."

페니가 성난 목소리로 얘기했다.

"그래? 그 녀석이 누군데?"

뚫어져라 페니를 바라보던 루비와 딱따기가 동시에 질문을 던졌다.

오랜 앙숙인 녀석의 이름을 입에 올리려니 페니는 몸서리가 쳐졌다. 침을 한 번 꿀꺽 삼키고는 입을 뗐다.

"검은 매직펜."

"검은 매직펜? 내 몸에 온통 검은 칠을 해 놓았던 그 녀석 말이야?"

딱따기가 주먹을 불끈 쥐었다.

"같은 종류인 건 맞지만, 이 녀석은 차원이 달라. 정말 고약하고 악독해."

페니가 말했다.

"넌 그 녀석을 어떻게 아는데?"

딱따기가 물었다.

"우리는 한동안 같은 필통에서 지냈어. 검은 매직펜은 정말 끔찍했지. 그 녀석하고 그 패거리들이……."

페니가 차분하게 설명했다.

"저기……, 바보 같은 소리 하긴 싫지만, 매징펜이 뭐야?"

완다가 끼어들었다.

"매징펜이 아니고 매직펜. 너, 형광펜이나 사인펜은 알지?"

페니의 말에 완다가 미간을 찌푸렸다.

"눈 화장할 때 사용하는 아이라이너랑 비슷한데, 색이 더 짙고 잉크가 더 많이 묻어나. 겉은 플라스틱으로 만들어졌고."

페니가 차근차근 설명했다.

"아, 그렇구나."

완다가 고개를 끄덕였다.

"검은 매직펜 패거리는 어떤 녀석들이야?"

루비가 묻자 페니가 설명을 계속했다.

"그 녀석들은 필통 속을 무리 지어 다니면서 좋지 않은 소문을 퍼트렸어. 우리 주인 랄프가 즐겨 쓰기만 하면 어떤 필기구든 소문의 주인공이 되었지. 심한 경우에는, 필요 이상으로 뾰족하게 깎아 버리고 필통에서 쫓겨나게 만들기도 했다니까!"

"정말 끔찍하다! 나도 직장 폭력의 희생자라서, 그런 기분 정말 잘 알아."

딱따기가 진저리를 쳤다.

"그런데 검은 매직펜이 도대체 여기서 뭘 하고 있는 걸까?"

루비가 물었다.

"그거야 불을 보듯 뻔한 일 아니야? 그 녀석, 텔레비전에서 페니를 보고 따라왔겠지!"

딱따기가 대답했다. 딱따기는 이제 완전히 페니의 편에 서 있었다.

페니가 마른침을 꿀꺽 삼켰다.

"그만해, 딱따기야! 너 지금 페니를 두렵게 만들고 있잖아."

루비가 딱따기를 나무랐다.

"아냐, 딱따기 얘기가 맞을지도 몰라. 처음에 우리는 검은 매직펜을 영원히 쫓아내 버렸다고 생각했어. 하지만 그 녀석은 다시 돌아왔었어. 그러니 또다시 나타날 수도 있을 거야. 충분히 그럴 수 있어."

페니가 차분히 말했다.

"하지만 너를 따라 여기까지 왔다고 생각하는 건, 우리가 너무 앞서 나가는 것 같기도 해."

루비가 덧붙였다.

"그럴지도 몰라. 하지만 상대는 사악한 녀석이야. 모든 가능성을 염두에 두어야 한다고."

페니가 심각하게 말했다.

"그럼 이제 어떻게 해야 하지?"

완다가 질문을 던졌다.

"딱따기랑 루비, 나하고 같이 가자. 우리가 힘을 모아서 검

은 매직펜이 대본 고치는 것을 막아야 해."

페니가 말했다.

"나도, 나도!"

완다도 보채고 나섰다. 그런데 루비가 고개를 가로젓고 있었다. 이를 눈치챈 페니가 잠시 망설이다 입을 열었다.

"음, 너는 여기 남아서 플러그를 꽂고 몸을 아주 뜨겁게 달궈 놓도록 해. 그 고약한 녀석이 트레일러 안으로 뛰어 들어오면 검은 플라스틱 몸통을 녹일 수 있도록 말이야."

"알았어!"

완다가 마치 일을 할 때처럼 긴 주둥이를 탁탁 부딪치며 힘차게 대답했다.

"이제 출발하자."

페니가 딱따기와 루비를 향해 제법 심각하게 말했다.

딱따기와 루비가 페니의 뒤를 따라 트레일러 문을 나섰다. 그리고 짙은 어둠 속으로 힘찬 걸음을 내디뎠다.

8

램프 괴물

페니는 성큼성큼 주차장을 지나서 건물 안으로 들어갔다. 걸음이 어찌나 빠른지 딱따기와 루비가 따라가기 힘들 정도였다.

"우리 지금 어디 가고 있는 거야?"

루비가 숨을 헐떡이며 물었다.

"메그 찾으러."

페니가 뒤도 돌아보지 않고 짧게 대답했다.

"메그가 어떻게 우리를 도울 수 있는데? 검은 매직펜 녀석 귀에다 대고 고함을 질러서 기절시켜 달라고 부탁하게?"

딱따기가 물었다.

모퉁이를 돌자마자 페니가 갑자기 걸음을 멈췄다. 그 바람에 따라오던 루비와 딱따기가 페니 등에 부딪히고 말았다.

딱따기는 요란한 소리를 내면서 땅 위로 자빠지더니 마치 뒤집어진 거북처럼 한동안 일어나지 못했다.

"이봐, 둘 중에 더 예쁜 친구가 내 손 좀 잡아 줄래?"

딱따기가 애원했다.

루비가 딱따기에게 손을 내미는 순간, 어디선가 커다란 발자국 소리가 들려왔다. 페니는 루비의 나머지 한 손을 낚아채서 서둘러 출입문 쪽으로 몸을 숨겼다.

"애들아, 나를 여기에 혼자 남겨 두면 어떡해! 발자국 소

리도 점점 가까워지는데……."

두 개의 반짝이는 검은 구두가 모퉁이에 모습을 드러냈다. 딱따기는 꼼짝도 않고 납작하게 누워 있었다. 바닥의 무늬처럼 보이기 위해 안간힘을 쓰면서.

하지만 별로 효과가 없었다. 반짝이는 검은 구두를 신은 경비원의 손이 딱따기를 집어 올리고 말았다. 경비원이 딱따기 위에 적힌 글씨를 유심히 살펴보며 말했다.

"너 어디서 왔니? 쿨 경관 소속이로구나. 그렇다면 너를 3번 스튜디오에 갖다 두는 게 좋겠다."

경비원과 딱따기가 멀찌감치 가 버리자, 페니와 루비가 숨었던 곳에서 나왔다. 그러고는 은밀히 그들을 따라가기 시작했다.

경비원이 3번 스튜디오 앞에 멈춰 서서 잠긴 문을 열었다. 페니와 루비도 잠시 어둠 속에 몸을 감추고 기다렸다. 마침내 문이 열리고 경비원의 반짝이는 검은 구두가 스튜디오 안으로 들어갔다. 페니와 루비도 걸음을 서둘렀다. 문이 닫혀 버리기 전에 들어가자면 그래야 했다.

경비원은 감독 의자 위에 딱따기를 던져 놓고 바로 돌아갔다. 경비원이 나가자 페니와 루비는 문이 안전하게 닫혔는지 확인하고서 얼른 감독 의자로 달려갔다. 페니와 루비는 십자형 의자 다리를 마치 정글짐처럼 타고 위쪽으로 올라갔다.

마침내 페니와 루비가 의자 위에 도착하자 딱따기가 그들을 무섭게 노려보고 있었다.

"나를 버려두고 가서 정말 눈물 나게 고마워."

딱따기가 으르렁거렸다.

"정말 미안해. 그런데 눈에 띄지 않고 너를 구할 방법이 없었어. 너도 그건 인정해야 해. 생각해 봐. 딱따기랑 연필이랑 화장솔이 나란히 마룻바닥에 누워 있다면 정말 이상하게 보였을 거야. 그럼 경비원은 우리를 여기 3번 스튜디오가 아니라 경비실로 데려갔을 테지. 그리고 지금 우린 이렇게 허비할 시간이 없어!"

페니가 차분히 설명했다.

"세상에! 페니, 너 정말 머리 좋다!"

루비가 감탄했다.

바로 그 순간, 무언가가 울프 씨의 의자 팔걸이 위로 내려왔다. 사실 내려왔다기보다는 거의 바닥으로 떨어질 뻔한 것인데, 그것은 다름 아닌 메그였다.

"무슨 일이야?"

메그가 물었다.

"누군가 릭의 대본에 손을 댔어."

딱따기가 대답했다.

"손을 댔다니, 그게 무슨 뜻이야?"

메그는 고개를 갸웃하며 다시 물었다.

"원래 대사를 지우고, 그 위에다 멍청한 새 대사를 써 넣었어."

페니가 차근차근 설명했다.

"그게 정말이야?"

메그는 진짜 놀란 표정이었다.

"응. 릭이 분장실에다 대본을 놔두고 갔어. 그래서 좀 전에 우리가 직접 확인했어. 원래 대사를 검은색으로 다 지우고, 전부 새로 써 놨더라고."

루비가 말했다.

"그건 그렇게 이상한 일은 아닌데."

메그가 고개를 갸웃하며 중얼거렸다.

"하지만 그게 다가 아니야. 페니, 메그에게도 나머지 얘기를 들려줘 봐."

딱따기가 재촉하자 페니가 심각한 표정으로 입을 열었다.

"내가 잘 아는 글씨체야."

"누구 글씨인데? 울프 씨? 항상 릭을 못 잡아먹어서 안달이니까 충분히 그럴 수 있어. 아니면 새로 온 조연인가? 거의 모든 배우들이 릭의 자리를 노리고 있으니 그것도 얼마든지 가능한 얘기고."

메그가 여러 가지 가능성에 대해 이야기했다.

"사람이 아니야."

페니가 말했다.

"뭐라고? 그, 그럼······ 우리들 중 하나가 범인이라는 거야?"

깜짝 놀란 메그가 말을 더듬었다.

"아니. 우리 프로그램 소속이 아니고, 루비하고 딱따기도 모르는 녀석이야."

페니가 차분히 말했다.

"도대체 그게 누군데?"

메그는 궁금해서 몸이 닳을 지경이었다.

"검은 매직펜."

페니는 메그에게 검은 매직펜에 대한 모든 것을 재빨리 설명했다.

"검은 매직펜이라는 녀석, 아주 골칫덩이처럼 들리는걸."

메그가 고개를 절레절레 흔들어 댔다.

"네 말이 맞아. 그 녀석 정말 골칫덩이야."

페니가 맞장구를 쳤다.

"그 녀석 짓이 확실한 거니? 검은 매직펜은 그 녀석 말고도 많잖아."

메그가 물었다.

"확실해. 난 언제 어디서든 녀석의 글씨체를 구별해 낼 수 있어."

"지금 프로그램이 없어질 위기에 처했는데, 이렇게 안 좋은 때에 이런 일까지 생기다니."

메그가 한숨을 폭 내쉬었다.

"검은 매직펜이 주위에 있으면 그때가 바로 '안 좋은 때'야. 내 말을 믿어. 검은 매직펜을 그냥 내버려 뒀다가는 정말 이 프로그램이 막을 내리게 될 거야. 우리 걱정대로 말이야."

페니도 어두운 표정으로 말했다.

"그렇다면 대본을 바로잡을 게 아니라, 먼저 그 검은 매직펜 녀석을 찾아야겠다."

딱따기의 말을 듣고 페니는 잠시 생각에 잠기더니 조용히 말했다.

"아니야. 난 그 녀석을 잘 알아. 조금 있으면 녀석이 스스로 모습을 드러낼 거야. 아마 점점 더 교활하고, 점점 더 복잡한 계획을 세우고 있을걸? 그러니 조심해야 해. 대본에 손을 댄 건 함정일 수도 있어."

루비, 딱따기, 메그가 심각한 표정으로 고개를 끄덕였다.

"메그, 울프 씨가 대본 원본을 어디에 보관하니?"

페니가 물었다.

"촬영 중에는 항상 손에 들고 있어. 하지만 밤에는 사무실에다 보관하지. 물론 잊지 않고 열쇠를 단단히 채워 두곤 하지만."

"우리가 거기 들어갈 수 있을까?"

"가능할 것 같아."

"그럼, 어서 가 보자. 검은 매직펜에 대한 경계를 늦추면 안 된다는 거, 항상 기억하고!"

페니, 메그, 루비 그리고 딱따기가 스튜디오 문을 향해 나란히 걸음을 옮겼다. 페니가 먼저 문밖을 살폈다. 아무런 이상이 없자, 뒤에서 기다리는 메그와 루비와 딱따기에게 따라 나오라고 신호를 보냈다.

"됐다. 메그, 이제 울프 씨 사무실로 가는 길을 알려 줘."

페니가 말했다.

저마다 독특하게 생긴 친구들이 메그의 뒤를 따랐다. 이들은 한참을 걸어서 스튜디오에서 제일 근사한 방들이 늘어선 복도 앞에 도착했다. 루비, 딱따기 그리고 페니는 처음

와 보는 곳이었다. 이제까지 봤던 방송국 안의 다른 스튜디오들보다 멋졌다. 바닥에는 화려한 카펫이 깔려 있고, 문 옆에는 예쁜 화분들이 놓여 있었다. 게다가 한쪽 벽에는 초콜릿 자판기까지 설치되어 있었다.

"아직 멀었어?"

딱따기가 물었다.

"음, 좀 기다려 봐."

메그가 문에 붙어 있는 이름들을 하나씩 읽어 나갔다.

"휴즈, 프레드, 오브다빅, 배드……, 울프! 여기다!"

모두들 울프 씨 사무실 앞에 모여 섰다.

"딱따기야, 나를 손잡이 위로 좀 올려 줄래? 내가 문을 열어 볼게."

페니가 딱따기 머리 위로 기어 올라갔다. 딱따기는 입을 힘껏 벌린 다음, 페니를 손잡이 쪽으로 밀어 올렸다. 페니가 몸을 날려 손잡이에 매달렸다. 하지만 안간힘을 써도 손잡이는 꿈쩍도 하지 않았다.

"잠겨 있어."

페니가 말했다.

"그럼 딱따기 네가 문틈으로 들어가서 대본을 가져오는 게 좋겠다."

루비가 의견을 내놓았다. 그러자 메그가 바로 고개를 가로저었다.

"대본이 너무 두꺼워서 문틈을 통과하지 못할 거야."

그때 손잡이에 매달린 페니가 열쇠 구멍 안을 열심히 들여다보다가 흐뭇한 미소를 지으며 말했다.

"괜찮아. 열쇠가 보여. 저기 책상 위에 놓여 있어."

"좋아. 딱따기야, 네가 들어가서 열쇠를 건네주면 우리가 문을 열고 대본을 가져오면 되겠다."

루비가 환하게 웃으며 얘기했다.

"그쯤이야 문제없지."

딱따기가 문틈으로 몸을 밀어 넣기 시작했다.

"참! 깜박했네. 조심해야……."

메그가 무슨 말을 하려는데 딱따기는 순식간에 문 안으로 쏙 들어가 버렸다.

"뭘 조심해야 하는데?"

페니가 열쇠 구멍을 열심히 들여다보면서 물었다.

"스탠드."

메그가 짤막하게 대답했다.

"스탠드에 무슨 문제라도 있어?"

페니가 여전히 열쇠 구멍에 눈을 바짝 댄 채로 물었다. 문틈을 빠져나와 울프 씨 책상으로 향하는 딱따기의 모습을 지켜보는 중이었다.

책상 위에는 대본과 스탠드만 덜렁 놓여 있었다. 스탠드는 사무실 안에 으스스한 그림자를 드리운 채 발아래로 작고 동그란 빛을 비추고 있었다. 그리고 그 빛의 한가운데에서 무언가가 반짝였다. 바로 열쇠였다.

흥분한 페니가 친구들을 향해 외쳤다.

"스탠드 바로 아래에 열쇠가 있어!"

"오, 이럴 수가······."

메그가 고개를 가로저었다.

페니는 다시 열쇠 구멍을 들여다봤다. 딱따기가 책상 위로 올라갔는데 열쇠는 어디에도 보이지 않았다.

딱따기가 머리를 긁적이며 스탠드 발아래 동그란 빛을 향해 걸어갔다.

"거참, 이상하네. 조금 전까지만 해도 저기 분명히 있었는데······."

페니가 중얼거렸다.

그때였다. 어디선가 들려오는 으르렁 소리! 딱따기는 걸음을 멈추고 주위를 살폈다. 처음에는 검은 매직펜이 자기를 내려다보고 있는 줄 알았다. 하지만 아무리 둘러봐도 스탠드와 대본뿐이었다. 딱따기가 다시 열쇠를 찾기 시작했다. 그런데 어디선가 또 으르렁거리는 소리가 들려왔다. 아까보다 더 큰 소리로. 딱따기는 열쇠 찾는 것을 멈추었다. 그리고 떨리는 마음으로 위를 올려다봤다. 머리 위에서, 스탠드가 이를 갈고 있었다. 그 모습이 꼭 성난 사냥개 같더니 급

기야 납작 엎드려 짖어 대기 시작했다.

딱따기는 황급히 몸을 돌려 무작정 앞만 보고 달렸다. 스탠드 괴물이 그 뒤를 쫓았다. 마침내 딱따기의 등을 덮치려는 순간, 스탠드 괴물은 그만 거꾸러지고 말았다. 몸에 연결된 전선이 뒤에서 당기는 바람에 더는 앞으로 나갈 수 없었던 것이다.

안에서 뭔가 이상한 소리가 들리자, 루비가 다급하게 물었다.

"거기 안에 무슨 일이 일어난 거야?"

"스탠드가 딱따기를 추격하고 있어."

페니가 열쇠 구멍으로 보이는 상황을 전했다.

"스탠드를 조심하라고 일러 주려고 했던 건데……."

메그가 떨리는 목소리로 말했다.

딱따기는 벽에 등을 딱 붙인 채로 사무실 안을 몇 바퀴째 돌고 있었다. 스탠드 괴물의 무시무시한 이빨로부터 최대한 떨어져 있으려면 그 수밖에 없었다. 짧은 전선 덕분에 일정한 거리를 유지할 순 있었지만, 스탠드 괴물이 좀처럼 빈틈을 보이지 않아 도무지 책상 위로 올라갈 방법이 없었다.

열쇠 구멍으로 지켜보며 발만 동동 구르던 페니가 중요한 사실을 발견했다. 스탠드 괴물의 전선이 점점 짧아지고 있는 것이었다. 딱따기가 벽을 따라 크게 한 바퀴 돌 때마다, 괴물의 전선이 울프 씨 의자에 감기고 있었다.

페니가 열쇠 구멍에 대고 애타게 외쳤다.

"딱따기야! 의자 주변에서 원을 그리며 걸어 봐."

"뭐라고? 너 미쳤어? 무시무시한 저 이빨이 거기서는 안 보이는 거야?"

딱따기가 투덜거렸다.

"너 딱따기를 죽일 셈이야?"

메그도 거들었다.

"나를 믿어, 딱따기야. 한 방향으로 의자 주위를 돌아. 일정한 거리를 유지하는 거 잊지 말고."

페니가 간절히 부탁했다.

"알았어……"

딱따기가 마지못해 대답했다. 딱따기는 일부러 스탠드의 시선을 끌면서 오른쪽으로 몇 바퀴 돌았다. 스탠드 괴물도 따라 돌았다. 딱따기를 따라가면 갈수록, 괴물의 전선은 점점 더 짧아졌다. 이를 눈치챈 딱따기가 서둘러 벽 앞에 서서 까치발을 했다. 스탠드 괴물이 딱따기를 덮치려고 펄쩍 뛰었지만, 제법 짧아진 전선이 뒤에서 잡아당겼다. 딱따기가 몇 번 더 뱅글뱅글 돌자, 스탠드 괴물은 마침내 바짝 조여든 전선 때문에 꼼짝달싹 못 하게 되었다.

페니가 외쳤다.

"좋아, 지금이야. 이제 대본을 가지러 가도 안전할 거야."

딱따기가 기회를 놓치지 않고 책상 위로 올라갔다. 그러고는 열쇠와 대본을 두 손에 꼭 쥐었다. 하지만 여기에 정신을 집중하느라 스탠드 괴물의 플러그가 벽 쪽 콘센트에서 조금씩 빠지고 있다는 사실을 전혀 알지 못했다.

딱따기가 엄청나게 무거운 대본을 끙끙거리며 옮기는 동안, 스탠드 괴물의 플러그가 콘센트에서 더 빠져나왔다. 마침내 문에 도착한 딱따기가 페니에게 열쇠를 건넸다. 페니는 서둘러 문을 열고 나서 그 열쇠를 다시 울프 씨 책상 위로 던졌다.

그 순간, 주인이 던진 공을 잡으려는 개처럼 스탠드 괴물이 펄쩍 뛰어오르며 입을 쩍 벌렸다. 온 힘을 다해 당기는

바람에, 살짝 걸려 있던 스탠드 괴물의 플러그가 콘센트에
서 완전히 빠져 버렸다.

콘센트에서 빠져나온 전선이 춤을 추듯 흔들리면서 책상
끝에 부딪쳤다. 페니, 딱따기 그리고 스탠드 괴물 스스로도
숨을 죽인 채 이를 지켜보았다. 그러다 페니가 소리쳤다.

"딱따기야, 도망쳐!"

딱따기는 대본을 움켜쥐고 문을 향해 달렸다. 스탠드 괴
물이 뒤에서 으르렁거렸다.

"딱따기야! 문 닫아!"

페니가 고함을 질렀다.

하지만 이미 늦었다. 딱따기는 벌써 복도를 반이나 달려
나간 상태였다. 어느새 문밖으로 고개를 내민 스탠드 괴물
이 메그와 루비를 향해 사납게 짖어 댔다. 깜짝 놀란 메그
가 있는 힘껏 문을 닫았다.

"우리 이제 어떡해?"

메그가 울먹이며 외쳤다.

"어떡하긴. 딱따기처럼 도망쳐야지!"

문손잡이에서 뛰어내린 페니가 씩씩하게 대답했다.

페니, 메그, 루비는 복도를 따라 전속력으로 달렸다. 문을
박차고 달려 나온 스탠드 괴물도 이들의 뒤를 바짝 쫓았다.

"우리 지금 제대로 가고 있는 거야?"

페니가 숨을 헐떡이며 물었다.

"나도 몰라!"

메그도 헐떡이며 대답했다.

밖에서 뭔가 달그락거리는 소리가 나자, 잠을 청하던 경비원이 밖으로 나왔다.

"이봐, 거기서 뭐······?"

경비원은 깜짝 놀란 나머지 말을 잇지 못했다.

연필과 확성기와 화장솔이 줄지어 복도 저만치로 달려가고 있었기 때문이다.

스탠드 괴물이 경비원 앞을 막 지나갔다. 경비원이 반짝이는 검은 구두로 스탠드 전선 끝을 꽉 밟았다. 스탠드 괴물은 얼마 더 가지 못하고 고꾸라지고 말았다.

경비원이 스탠드를 집어 들어 울프 씨 사무실에 도로 갖다 놓으며 중얼거렸다.

"아내 말이 맞아. 내가 야간 경비원 생활을 너무 오래 하긴 했나 봐."

모두 안전하게 릭의 트레일러로 돌아온 뒤에, 루비가 딱따기를 나무랐다.

"우리를 거기에 버려두고 가다니 정말 눈물 나게 고마워."

"진짜 미안해. 하지만 나도 너희를 구하는 동시에 그 무서운 이빨을 피할 방법은 없더라고."

딱따기가 어깨를 으쓱하며 미안해했다.

"검은 매직펜이 뒤쪽 대본 몇 장에만 시커멓게 낙서를 해 놓았어."

메그가 대본을 빠르게 훑어보며 신중하게 말했다.

"예상대로야. 검은 매직펜은 릭의 대본부터 시작해서 이제 감독님이 가지고 있는 원본까지 망쳐 놨어. 비서가 내일 아침에 원본을 복사해서 나눠 주면, 모두가 같은 대본을 가지게 돼. 잘못된 대본을 말이야."

페니가 고개를 끄덕이며 말했다.

"그러면 녹화가 엉망진창이 되고 말 텐데!"

루비가 걱정했다.

"그러면 우리 모두 일자리를 잃게 될 거야. 이제 어떻게 하면 좋지?"

메그도 울먹였다.

"아무것도 적지 않은 종이 좀 줄래?"

페니가 부탁했다.

"그게 무슨 도움이 된다고 그래?"

딱따기가 의아해했다.

"곧 알게 될 거야. 그러니까 얼른 종이 좀 줘 봐."

페니 얼굴에 작은 미소가 피어올랐다.

9

다시 괴물 소굴로

페니는 검은 매직펜이 망쳐 놓은 대본을 고치느라 밤새 한숨도 못 잤다. 동이 틀 무렵에야 일을 마칠 수 있었고, 자기가 다시 쓴 이야기가 꽤 마음에 들었다.

'랄프가 무척 좋아할 거야.'

페니가 랄프 생각을 하며 흐뭇한 미소를 지었다. 그러고는 늘어지게 하품을 하더니 대본의 두꺼운 표지를 덮었다. 주변을 둘러보니 딱따기, 메그 그리고 다른 미용 도구들도 단잠에 빠져 있었다.

페니는 할 수 없이 혼자서 대본을 끌고 트레일러 문 앞까지 왔다. 대본이 너무 무거웠다. 곤히 잠든 친구들을 깨우고 싶지는 않았지만, 누군가의 도움이 절실하게 필요한 상황이었다. 어쩔 수 없이 딱따기에게 깡충깡충 뛰어갔다.

"딱따기야, 딱따기야. 좀 일어나 봐."

페니가 딱따기 귀에 대고 속삭였다. 하지만 딱따기는 꼼짝
도 하지 않았다.

페니는 잠시 망설이다가 딱따기 어깨 위에 손을 얹고 가만
히 흔들었다.

"아, 안 돼! 저리 비켜, 이 미친 개야!"

딱따기가 허둥대며 페니를 밀쳐 냈다.

"나야. 페니라고. 꿈이니까 놀라지 마."

페니가 부드럽게 달랬다.

눈을 뜬 딱따기가 트레일러 안을 휙휙 돌아보더니 말했다.

"후유! 내가 꿈을 꿨나 봐. 신경 쓰지 마. 벌써 아침인가 보네. 나는 그만 스튜디오로 돌아가는 게 좋겠다."

딱따기가 기지개를 켜며 자리에서 일어났다.

그러자 페니가 얼른 부탁했다.

"돌아가는 길에, 이것 좀 울프 씨 사무실에 갖다 놔 줄래?"

페니가 아주 뿌듯한 얼굴로 딱따기에게 밤새 고친 대본을 내밀었다.

딱따기가 늘어지게 하품을 하면서 건성으로 대답했다.

"그럴게. 내가 가는 길에 울프 씨 사무실에……. 뭐, 울프 씨 사무실? 너 제정신이야?"

이제야 정신이 든 딱따기가 고래고래 소리를 질러 댔다.

"난 어젯밤에 거기 갔다가 거의 죽을 뻔했다고!"

"알아. 그런데 너무 무거워서 혼자서는 들 수가 없어서 그래……."

페니가 미안한 듯 말끝을 흐렸다.

딱따기가 잠시 망설이다 입을 열었다.

"좋아. 하지만 나 혼자서는 절대 안 가. 아니, 못 가!"

"걱정하지 마. 사무실 안에 들어갈 필요도 없는걸."

페니가 환하게 웃으며 대답했다.

페니와 딱따기는 어느새 천장에 설치된 통풍관을 따라 기어가고 있었다. 울프 씨 사무실까지 연결된 통풍관이었다.

"어젯밤에는 왜 이 생각을 못했을까?"

딱따기가 웅얼거

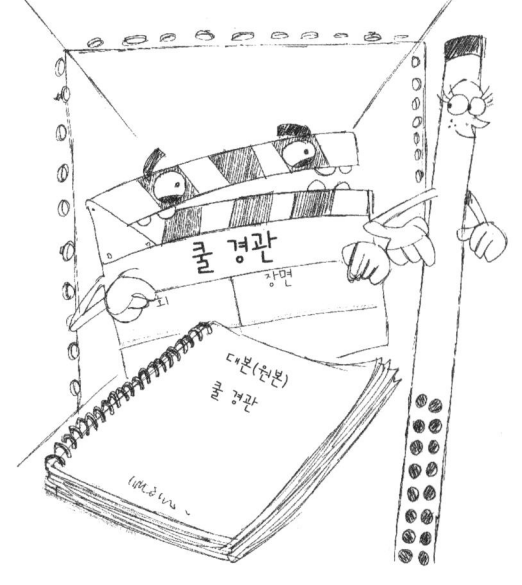

렸다. 그러면서도 제 앞에 놓인 대본을 연신 걷어차면서 통풍관을 따라 조금씩 앞으로 나아갔다.

"어젯밤에 대본 읽다가 생각난 거야. 쿨 경관이 통풍관을 따라 범인을 추격하는 장면이 나오거든. 그나저나 어떻게 하면 대본을 다시 가져올 수 있을까?"

페니가 물었다.

"소도구실에서 낚싯대 같은 걸 좀 가져오지, 뭐."

딱따기가 퉁명스럽게 말했다.

"그럼 오늘 밤에 준비해 놓자."

페니가 신이 나서 대꾸했다.

*

"다 왔어. 바로 여기야."

페니가 통풍구 창살로 울프 씨 사무실을 내려다보며 말했다.

스탠드 괴물이 의자 아래에 조용히 잠들어 있었다. 그런데 가만히 보니 녀석은 열쇠를 제 몸에 칭칭 감은 채, 얼굴을 문 쪽으로 두고 있었다.

"맙소사, 저 녀석 자는 꼴 좀 봐. 내려가서 머리라도 좀 쓰다듬어 주지 그래?"

딱따기가 말했다.

"너 완전히 정신이 나갔구나?"

페니가 정색을 했다.

"농담이야. 저 녀석 얼굴만 봐도 뒷머리가 쭈뼛 서는걸."

딱따기가 통풍구 창살을 뜯어내며 피식 웃었다. 그런데 뜯어낸 창살을 바닥에 내려놓다가 그만, 덜컹 소리를 내고 말았다.

스탠드 괴물이 두 눈을 번쩍 뜨더니 사방을 두리번거렸다.

"아, 이런……."

페니는 깜짝 놀라서 할 말을 잃었다.

"뭐가 문제야? 저 녀석은 절대 여기로 올라올 수 없는데."

딱따기가 대수롭지 않게 말하며 대본을 통풍구 밖으로

뻥 차 버렸다. 대본은 둔탁한 소리를 내면서 책상 위로 뚝 떨어졌다.

"뒤집혔어."

"뭐라고?"

페니가 떨리는 목소리로 말하자 딱따기가 바닥에 내려놓았던 창살을 들어 올리며 되물었다.

"대본이 뒤집혀서 떨어졌다고. 울프 씨가 눈치챌지도 몰라. 얼른 내려가서 다시 뒤집어 놓아야 해."

"지금 농담해?"

딱따기는 고함을 지르다가 다시 끼우려고 들고 있던 창살을 놓치고 말았다. 창살은 '쾅' 소리를 내며 통풍관 바닥에 떨어졌다. 순간 페니와 딱따기는 바닥에 납작 엎드려서 통풍구 밖의 상황을 살폈다. 바로 그때, 스탠드 괴물이 통풍구를 향해 펄쩍 뛰어올랐다.

"아아악!"

딱따기가 비명을 지르며 허둥지둥 통풍구 안쪽으로 몸을 피했다.

"창살! 어서 창살을 덮어야 해!"

페니가 다급하게 외쳤다. 페니는 창살을 끌어다가 딱따기에게 전해 주려고 안간힘을 쓰고 있었다.

"창살을 덮는다고? 저기 뒤집힌 대본은 어쩌고?"

"그거야 저 무시무시한 이빨을 보기 전 얘기지."

페니가 창살을 들어 올리려고 끙끙대며 대답했다.

둘은 있는 힘을 다해서 창살을 들어 올렸다. 그리고 가까스로 제자리에 끼워 넣었다. 마치 철창 안에 갇힌 것처럼, 창살 아래 스탠드 괴물은 으르렁거리기만 했다. 페니와 딱따기는 털썩 주저앉아 안도의 한숨을 내쉬었다.

"얼른 여기서 빠져나가자. 저 녀석이 저 커다란 이빨로 강철 창살을 물어뜯기 전에."

페니가 말했다.

딱따기도 군말 없이 페니의

뜻을 따랐다. 둘은 통풍관을 따라 쉬지 않고 달려서 마침
내 안전한 릭의 트레일러로 돌아왔다.

10

프로그램 사수 작전

그날 늦게까지 촬영이 진행되는 동안, 페니는 속으로 배우들의 대사를 모두 따라 했다. 지난밤에 자기가 직접 쓴 대사들이라 모두 기억할 수 있었다.

쿨 경관 분장을 한 릭이 말했다.

"그렇게 해서 내가 위조 사실을 밝혀낼 수 있었어. 경찰이라는 직업은 시시비비를 가려내는 데 많은 도움을 주지."

"컷! 좋았어! 모두 수고 많았어. 이것으로 오늘 촬영을 마칩니다."

울프 씨가 큰 소리로 외쳤다.

그 자리에 모인 배우와 제작진들 모두가 서로에게 박수를 보냈고, 하나둘 스튜디오 밖으로 걸음을 옮겼다. 그런데 잠시 후, 모두들 갑자기 걸음을 멈췄다. 스튜디오 뒤쪽 어둠

속에서 나타난 가는 줄무늬 양복 차림의 한 남자 때문이었
다. 그 남자가 울프 씨에게 다가와 어깨를 토닥였다.

"훌륭하군, 울프."

줄무늬 양복을 입은 남자가 말했다.

"아이고! 감사합니다, 골드만 씨. 저희 촬영장을 찾아 주
시다니, 영광입니다."

울프 씨가 깍듯하게 말했다.

골드만이라는 사람이 말을 이었다.

"뒷부분에 나오는 장면 몇 개만 봤다네. 대본이 정말 훌

륭하더군. 자네 팀에 새로운 작가
가 합류했나?"

울프 씨가 대답을 하기도
전에, 때마침 스튜디오 문이
벌컥 열렸다. 부스스한 머리에,
귀 뒤쪽에 연필을 꽂은 꾀죄죄한
차림의 사내가 성큼성큼 걸어 들
어왔다. 그러고는 울프 씨 얼굴
앞에서 대본을 휘저으며 고래
고래 소리를 질렀다.

"감독님! 대체 이게 무슨 일이죠? 이건 내가 쓴 대본이
아니잖아요. 나 몰래 새로운 작가를 데려온 겁니까? 난 정
식으로 계약을 한……."

울프 씨는 꾀죄죄한 차림의 사내 어깨를 감싸 안으며 진정
시키려고 애썼다.

"마티! 진정해, 마티. 자네 유머 감각은 정말 알아줘야 한
다니까."

울프 씨가 억지로 미소를 지으며 말을 이어 갔다.

"새로운 작가를 데려오다니, 농담도 참……. 그리고 이 대본은 문이 잠긴 내 사무실에 보관되어 있었어. 방송국 임원이신 골드만 씨께서 조금 전에, 자네 대본이 정말 훌륭하다고 칭찬하셨네."

울프 씨를 노려보던 마티는 얼른 옷깃을 가다듬고, 마음을 진정시킨 다음, 골드만 씨를 향해 얌전히 말했다.

"감사합니다, 골드만 씨. 제 작품이 마음에 드셨다니 정말 기쁩니다. 그럼 저는 이만 돌아가서 열심히, 다음 회 대본을 쓰도록 하겠습니다."

"유감스럽지만 그럴 필요 없다네."

골드만 씨가 입을 열었다.

배우와 제작진들 모두가 숨을 죽인 채, 이어질 골드만 씨의 얘기를 기다렸다.

"이런 식으로 소식을 전하게 돼서 나도 기분이 좋지 않네만, 지금 막 회의를 끝내고 오는 길이네. 이사회에서 쿨 경관 프로그램을 그만 끝내기로 결정했네."

페니도 릭의 호주머니 밖으로 고개를 쏙 내밀고 귀를 쫑긋 세웠다.

"저……, 저는 이해할 수가 없군요. 조금 전에 뒷부분에 나오는 장면들이 정말 마음에 든다고 하지 않으셨습니까?"

울프 씨의 목소리가 떨리고 있었다.

"대본이 훌륭하다고 하셨다면서요."

마티가 끼어들었다.

배우들도 제작진들도 저마다 웅성거리기 시작했다. 골드만 씨가 주위를 쓱 둘러보고는 손을 들어 올렸다. 그러자 순식간에 스튜디오 안이 조용해졌다.

"제가 이 프로그램을 아주 좋아한다는 걸 여러분도 알 겁니다. 그리고 오늘 찍은 장면들은 평소보다 훨씬 훌륭했어요. 하지만 유감스럽게도, 요즘 시청률이 턱없이 낮게 나오고 있습니다."

골드만 씨가 차근차근 이야기했지만 울프 씨는 받아들일 수 없었다.

"시청률, 결국 그놈의 시청률 때문이군요! 그건

그냥 숫자에 불과하다고요."

울프 씨가 성을 냈다.

"어째서 그런가, 울프?"

골드만 씨가 물었다. 골드만 씨는 방송국이라는 곳이 시청률에 따라서 울고 웃는다는 것을 잘 알고 있었다.

"사람들이 항상 진실만 얘기하는 건 아니니까요. 생각해보세요. 얼마나 많은 남편들이 주말 오후에 집에 들어앉아 마당 잔디를 깎겠다고 하는지 말이에요. 하지만 사실은 아내랑 쇼핑 가기 싫어서 핑계 대는 거잖아요. 그래야 오후에 축구 경기를 볼 수 있으니까. 안 그런가요?"

울프 씨가 사람들의 호응을 기대하며 물었다. 그 자리에 있는 남자들이 죄다 멋쩍은 표정을 지으며 머리를 긁적였다. 그러자 울프 씨는 지원군을 얻은 듯 뿌듯한 표정으로 계속 말했다.

"아이들은 또 어떻고요. 부모님들은 숙제하고 있는 줄 아는데, 사실 그 시간에 텔레비전을 봤다고 털어놓는 아이들이 몇이나 되겠어요?"

그러자 골드만 씨가 눈썹을 씰룩 움직이며 말했다.

"좋은 지적이군, 울프. 이봐, 그럼 이렇게 하지. 이번 주까지 시청률에 나타난 것보다 훨씬 더 많은 아이들이 쿨 경관을 보고 있다는 사실을 증명해 보이게. 그러면 이 프로그램을 계속하도록 하겠네. 그렇지 않으면……."

골드만 씨가 손가락으로 목을 긋는 시늉을 했다. 그러고는 바쁜 걸음으로 스튜디오를 빠져나갔다.

울프 씨가 배우와 제작진들을 향해 돌아서서 외쳤다.

"자, 여러분. 저 양반이 하는 얘기 잘 들었죠? 모두 여기서 계속 일하려면, 아이디어가 필요합니다. 그러니까 내일 촬영 들어가기 전까지 각자 아이디어를 적어서, 내 의자 위에 올려놓도록!"

✳

릭의 분장실로 돌아온 미용 도구들과 딱따기와 메그가 페니 주변으로 모여들었다. 페니가 그들에게 상황을 자세히 설명해 주고 있었다.

"그래서 우리도 내일까지 뭔가를 생각해 내야 해."

페니가 심각하게 말했다.

메그도 걱정스럽게 한마디 했다.

"시간이 별로 없어."

"아주아주 열심히 생각해야 해."

루비도 거들었다.

"난 머리 쓰는 데는 영 소질이 없는걸. 머리 손질하는 데
는 누구보다 자신이 있지만 말이야."

완다가 중얼거렸다.

"괜찮아. 나한테 벌써 좋은 생각이 떠올랐으니까. 애들아, 들어 보고 의견을 말해 줘……."

페니가 환하게 웃으며 말했다.

모두 페니 주변에 옹기종기 모여 앉아 페니가 속삭이는 계획에 귀를 기울였다.

＊

다음 날, 배우와 제작진들 모두가 울프 씨 주변에 모여 있었다. 울프 씨가 의자에 놓인 종이 한 장을 펼쳐서 큰 소리로 읽었다.

"시청률이 제일 좋은 프로그램에 출연하는 배우를 쿨 경관에 특별 출연 시킨다?"

울프 씨가 종이를 똘똘 뭉쳐서 공 모양으로 만들어 버렸다.

"시도는 좋았어, 샤나. 하지만 지금 시청률이 제일 좋은 프로그램은 우리 방송국 프로가 아니야. 방송국이 다르면 불가능하다고."

샤나 얼굴이 빨갛게 달아올랐다.

울프 씨는 공처럼 뭉친 종이를 어깨 너머로 휙 던져 버렸다. 뒤쪽에는 구겨진 종이 뭉치들이 벌써 수북하게 쌓여 있었다.

울프 씨가 다음 종이를 집어 들어 읽기 시작했다.

"쿨 경관의 안전 상식 코너를 프로그램 끝부분에 넣어서 교육적인 측면을 부각시키도록 한다. 여러분은 아이들이 텔레비전을 보면서도 공부하길 원한다고 생각하나? 공부는 학교에서도 충분히 하고 있어."

울프 씨가 언성을 높이며 손에 들고 있던 종이를 또다시 공 모양으로 뭉쳐 버렸다.

"하지만……."

릭이 뭔가를 말하려는 순간 울프 씨가 릭을 쏘아보면서 공처럼 뭉친 종이를 어깨 너머로 던졌다. 그는 이제 프로그램을 살릴 방법은 없다고 생각하면서, 마지막으로 남은 종이 한 장을 집어 들었다. 그리고 눈으로 읽기 시작했다. 울프 씨 표정이 점점 부드러워지더니, 마침내 활짝 미소를 지었다.

울프 씨가 종이를 내려놓고, 주변에 모여 있는 배우들과 제작진들을 둘러봤다.

"여기에는 이름이 적혀 있지 않군. 하지만 여기 적힌 대로 하면 일이 잘 풀릴 것 같아!"

울프 씨가 흥분한 목소리로 종이에 적힌 제안을 읽어 내려갔다.

"쿨 경관에 특별 출연 할 어린이 선발 대회를 연다. 신청한 어린이들의 숫자가 쿨 경관의 인기를 증명해 줄 것이다."

울프 씨가 고개를 들었다. 배우와 제작진들 모두 고개를 끄덕이며 흥분해서 저마다 그 의견에 대해 목소리를 높였다. 여느 때처럼 릭의 주머니에 꽂혀 있던 페니가 뿌듯한 미소를 지었다.

울프 씨가 종이를 머리 위로 들어 올려 깃발처럼 펄럭이며 소리쳤다.

"여러분, 바로 이거야. 모두에게 쿨 경관이 얼마나 멋진 프로그램인지 한번 보여 주자고. 자, 모두 제자리로. 애애애애애애애애액…… 션!"

울프 씨의 말이 끝나기가 무섭게 램지가 딱따기를 카메라 앞으로 가져갔다. 이번에는 딱따기가 잠들지 않고 깨어 있었다.

"311회, 첫 번째 장면, 첫 번째 촬영."

"이봐, 너 이럴 필요 없어. 우리 협상을 좀 해 보자, 응? 너 정말 이럴 필요 없다니까……!"

딱따기가 두 눈을 부릅뜨며 흥정을 시도했지만 램지는 아랑곳하지 않고 딱따기의 양턱을 있는 대로 벌렸다.

"너 정말 이럴 필요 없다니까……."

딱따기의 목소리가 떨렸다. 할 수 있는 일이라고는 입을 크게 벌리고 더 큰 목소리로 애원하는 것뿐이었다.

하지만 딱따기의 말이 램지에게 들릴 리 없고, 램지는 아무것도 모른 채 어느 때보다도 세게 딱따기의 위턱과 아래턱을 딱 소리 나게 부딪쳤다.

그 충격으로 딱따기는 한참 동안 귀가 먹먹했다.

"그렇게까지 세게 내리칠 필요는 없잖아, 안 그래?"

딱따기가 비틀대며 투덜거렸다.

버트의 승리

쿨 경관 프로가 끝나자 랄프와 사라는 평소처럼 텔레비전을 끄려고 자리에서 일어났다. 얼른 숙제를 마쳐야 했으니까. 그런데 방송 끝에 나오던 주제가가 잠시 멈추더니 쿨 경관이 다시 화면에 모습을 드러냈다.

  "어린이 여러분, 안녕하세요? 여러분은 텔레비전에 출연해 보고 싶었던 적 없나요? 이번에 우리 프로그램에서 여러분에게 쿨 경관 조연으로 특별 출연 기회를 드립니다. 여러분이 쿨 경관의 열렬한 팬이 된 이유를 스물다섯 글자가 넘지 않도록 적어서 보내 주세요."

  쿨 경관의 미소 가득한 얼굴로 화면이 잠시 멈춘 상태에서 전혀 다른 목소리가 흘러나왔다. 그 목소리가 빠르게 얘기했다.

"등록은 13일, 금요일 오후 다섯 시까지만 받습니다. 심사 위원들이 만장일치로 선발한 어린이가 조연의 영광을 차지하게 됩니다. 접수된 신청서는 돌려 드리지 않습니다. 프로그램 소속 배우와 제작진의 가족은 접수할 수 없답니다."

"와! 너 들었니?"

사라가 탄성을 질렀다.

"응, 그런데 쿨 경관은 어떻게 입술을 움직이지 않고 말할 수 있는 거지?"

랄프가 물었다.

"지금 그게 중요한 게 아냐. 쿨 경관에 특별 출연 할 조연을 뽑는다잖아. 나 저거 신청할래."

사라가 랄프를 나무라며 말했다.

"나도 신청할래!"

랄프가 장단을 맞췄다.

"내가 우승할 거야."

"나도, 나도!"

사라가 신나서 말하자 랄프도 따라 말했다.

"그게 말이 되니? 한 명만 뽑는다고 했잖아."

사라가 눈을 흘겼다.

"그렇담 이번 기회에 사라 네가 패자의 심정을 느껴 보면 되겠네."

랄프가 말했다.

"나는 사양하겠어. 너나 실컷 느껴 보셔."

사라가 고개를 절레절레 흔들며 받아쳤다.

"누가 진짜 패자일까? 이번 대회에 뽑히지 못한 사람? 아니면 패자의 친구?"

랄프가 제법 심각한 표정으로 물었다.

사라는 랄프의 말을 듣고 잠시 생각에 잠겼다가 문득 쓸데없는 질문이라는 생각이 들었다. 그래서 질문의 답을 고민하는 대신 연필을 집어 들고 서둘러 참가 신청서를 쓰기 시작했다.

랄프는 사라가 뭐라고 쓰는지 궁금해서 견딜 수가 없었다. 랄프가 자꾸 힐끔거리자, 사라는 어깨로 신청서를 가렸다가 아예 저만치 가 버렸다.

신청서 쓰기를 마친 뒤, 사라가 글자 수를 세어 보더니 얼굴을 잔뜩 찡그리며 말했다.

"스물일곱 글자네."

사라는 작성한 신청서를 구겨 버리고 다시 도전했다.

랄프도 쿨 경관의 열렬한 팬이 된 이유를 스물다섯 글자로 설명하기 위해 낑낑거리고 있었다.

몇 번의 실패를 거듭한 끝에, 드디어 랄프와 사라가 신청서 쓰기를 마쳤다.

"패자의 신청서 작성은 마쳤나, 친구?"

랄프가 사라에게 봉투를 건네며 물었다.

"너, 뭔가 크게 잘못 알고 있는 것 같다. 이건 승자의 신청서라고!"

사라가 대답했다.

"그럼, 결정은 쿨 경관에게 맡기자고."

랄프가 씨익 웃으며 말했다.

✳

방송국에 금요일 우편물이 배달되었다. 울프 씨는 흐뭇한 미소를 지으며 골드만 씨를 찾아갔다. 그리고 신청서로 가득 찬 우편물 가방을 그의 책상 위에 올려놓았다.

"구천구백구십팔, 구천구백구십구…… 그리고 이게 만 번째 신청서입니다!"

울프 씨가 뿌듯한 목소리로 봉투를 세어 나갔다.

"그래, 그래. 자네가 지금 무슨 말을 하고 싶은지 나도 알아. 정말 많은 어린이들이 쿨 경관을 시청하고 있군. 내가 접수된 신청서 숫자를 월요일 간부 회의에서 발표하도록 하지. 이렇게 분명한 증거가 있으니, 프로그램 폐지는 막을 수 있을 거야. 수고 많았네, 울프."

골드만 씨가 활짝 웃으며 말하자 울프 씨 얼굴에도 미소가 번졌다.

그런데 골드만 씨의 표정이 갑자기 어두워졌다.

"그나저나, 이 문제를 어떻게 해결할 작정인가?"

골드만 씨가 물었다.

"문제라뇨?"

"이제부터 이 신청서를 다 읽고 승자를 가려내야 하지 않

나. 그럼 즐거운 주말 보내게."

골드만 씨는 울프 씨의 어깨를 툭툭 치며 인사를 건네고
는 사무실을 나섰다.

그 뒷모습을 물끄러미 바라보던 울프 씨는 고개를 돌려
책상 위에 수북이 쌓인 신청서들을 쳐다봤다. 울프 씨는 고
개를 세게 흔들어 정신을 가다듬은 뒤에, 신청서를 한 장
한 장 읽어 나가기 시작했다.

통풍관을 통해 울프 씨 사무실로 가는 길에, 우연히 울프
씨와 골드만 씨의 대화를 듣게 된 페니는 미소를 지으며 서
둘러 릭의 트레일러
로 돌아갔다. 1분이라
도 빨리 이 기쁜 소식
을 친구들에게 전하
고 싶었다. 너무
흥분한 나머지,
페니는 자기를 뒤
따라오는 검은
그림자의 존

재를 전혀 눈치채지 못했다.

페니가 납작 엎드려 문틈으로 들어오자, 메그와 딱따기와 다른 미용 도구들이 몹시 반겼다.

"어떻게 됐어?"

메그가 간절한 눈빛으로 물었다.

"성공이야! 신청서가 자그마치 만 통이나 왔어! 울프 씨는 지금 골드만 씨 사무실에서 승자를 가려내기 위해 애쓰는 중이야. 골드만 씨가 제일 멋진 신청서를 골라내기 전에는 집에도 가지 말라고 했어!"

페니가 들뜬 목소리로 외쳤다.

"정말 잘됐다, 페니! 네가 프로그램을 살려 냈구나."

루비의 말에 페니 얼굴이 발그레해졌다.

"나 혼자서 한 일이 아닌걸. 우리 프로그램의 열렬한 팬들을 도와서 그 많은 신청서들을 작성한 연필 친구들을 생각하면……."

딱따기가 흥분을 감추지 못하고 끼어들었다.

"페니, 너 정말 멋지게 해냈어. 얘들아, 우리 페니를 위해서 만세를 외치자. 만세, 만세, 만세!"

미용 도구들이 한목소리로 만세를 외쳤다.

그때 릭의 분장실 밖에서는 누군가 페니와 친구들의 대화를 엿듣고 있었다. 바로 통풍관을 따라 페니를 쫓아온 어두운 그림자, 검은 매직펜이었다.

"흥!"

검은 매직펜이 콧방귀를 뀌며 돌아서려는 순간, 커다란 손이 다가와 검은 매직펜을 집어 올렸다. 검은 매직펜은 난생처음 두려움이란 걸 느꼈다.

"여기 있었구나. 너를 어디서 잃어버렸는지 도무지 생각이 안 나더니 말이야."

램지가 말했다.

"뭐라고? 아, 안 돼……."

검은 매직펜이 버둥거렸다.

램지는 검은 매직펜을 청바지 뒷주머니에 찔러 넣었다. 그리고 어슬렁어슬렁 차를 향해 걸어갔다. 지난번에 램지 뒷주머니에서 지독한 냄새 때문에 고생했던 일이 떠오르자, 검은 매직펜은 서둘러 모자를 코까지 눌러썼다. 하지만 램지 엉덩이가 움직일 때마다 풍겨 나오는 고약한 냄새는 막을 수 없었다.

자동차에 올라타 주머니를 뒤적이던 램지가 투덜거리기 시작했다.

"이런, 바보 같으니라고. 스튜디오에 열쇠를 두고 나온 게 틀림없어."

램지가 주차장을 가로질러 스튜디오가 있는 건물 안으로 들어갔다. 빠른 걸음으로 골드만 씨 사무실 앞을 지나가는데, 울프 씨가 고개를 들었다.

"이봐, 거기 자네!"

울프 씨가 손짓으로 램지를 불렀다. 아무리 생각해도 램지의 이름이 떠오르지 않았기 때문이다.

램지가 걸음을 멈추고 문 안으로 고개만 쑥 드밀었다.

"지금 집에 가나?"

울프 씨가 물었다.

"열쇠를 놓고 가서 다시 왔어요."

램지가 대답했다.

"자네 잠깐 일하고, 10만 원 벌고 싶은 생각 없나?"

마치 쓰던 물건을 비싸게 팔려는 사람처럼, 울프 씨가 램지를 향해 과장되게 웃으며 말했다.

＊

다음 월요일, 랄프와 사라는 학교 수업을 마치자마자 집으로 달려갔다.

"바로 오늘이 그 중요한 발표가 있는 날이라니 믿어지지 않아."

"나도 주말 내내 오늘 발표만 기다렸어."

집 앞에 다다르자 랄프가 대문을 열면서 외쳤다.

"빨리 와. 쿨 경관이 내 이름 부르는 걸 놓치고 싶지 않단 말이야."

"네 이름이 사라인 줄 미처 몰랐는걸."

사라가 숨을 헐떡이며 대답했다. 그리고는 숨이 턱까지 찼는지 대문 기둥에 기대 숨을 돌렸다.

랄프는 벌써 현관문을 붙잡고 서서 사라를 기다렸다.

"사라, 제발 서둘러. 2분 후면 시작이라고!"

랄프가 재촉했다.

두 사람이 집 안으로 뛰어 들어가고, 현관문이 쿵 소리를 내며 닫혔다. 랄프는 거실 바닥에 책가방을 던져 놓고 텔레비전을 켰다. 때마침 경찰차에 탄 쿨 경관이 모습을 드러냈다.

책가방 안에 들어 있던 랄프와 사라의 필기구들도 텔레비전을 보려고 고개를 삐죽 내밀었다.

화면 속 쿨 경관이 경찰차 창문을 내렸다.

"어린이 여러분, 안녕하세요? 뜨거운 성원을 보내 준 어린이 여러분에게 우리 프로그램을 대표해서 고마운 마음을 전합니다. 무려 만 통이 넘는 신청서가 도착했고, 모두들 정말 멋진 이유를 적어 주었더라고요."

사라와 랄프가 서로를 바라보며 씩 웃었다.

"들었지? 이제 고지가 눈앞으로 다가왔어."

사라가 말했다.

쿨 경관의 말이 이어졌다.

"유감스럽게도 수많은 신청자 중에서 승자는 단 한 명뿐

입니다⋯⋯."

"그래, 바로 나지."

랄프가 중얼거렸다.

"최종 승자의 이름은 바로⋯⋯."

쿨 경관이 승자의 이름이 들어 있는 봉투를 열었다.

페니가 이름을 보려고 쿨 경관의 주머니에서 고개를 쏙
내밀었다.

"버트 오리어리!"

페니가 몸서리를 쳤다. 텔레비전을 지켜보던 사라와 랄프
도 마찬가지였다.

"버트?"

"설마, 그 말썽꾸러기 버트?"

두 사람은 도저히 믿을 수 없다는 듯 입을 떡 벌린 채 서
로를 멍하니 쳐다봤다.

*

다음 날 학교에서 랄프와 사라는 각자의 책상을 지키느

라 한바탕 싸움을 벌여야 했다. 반 아이들 모두가 랄프와
사라 뒤에 앉은 버트 곁으로 모여들었기 때문이다. 쿨 경관
프로에 특별 출연자로 뽑힌 덕분에, 버트는 하루 만에 학교
에서 제일 유명한 아이가 되어 버렸다. 아이들은 저마다 자
기들이 버트를 얼마나 대단하게 생각하는지 침까지 튀겨
가면서 떠들어 댔다.

"저 녀석이 뽑히다니, 도저히 믿을 수 없어."

랄프가 이를 빠득빠득 갈며 말했다.

"내가 저 녀석한테 지다니…… 말도 안 돼."

사라도 고개를 설레설레 흔들었다.

"버트, 쿨 경관이 네 이름을 부를 때 엄청 놀랐지?"

말콤이 물었다.

"전혀. 어느 정도 예상했던 일이라서."

버트가 큰소리를 쳤다. 자기가 뽑혀서 텔레비전에 특별 출연을 하게 된 게 마치 일상이라도 되는 것처럼 애쓰는 모양새였다.

"버트, 그럼 너 언제 텔레비전에 나오는 거야?"

루시가 물었다.

"그건 아직 비밀인데, 너한테만 살짝 알려 줄게. 8월 11일 이야."

버트가 비밀을 대놓고 말했다. 그러자 랄프가 괜히 사라에게 중얼거렸다.

"사라, 내가 혹시 잊어버리거든 그날 오후에 치과 예약하라고 나한테 얘기 좀 해 줄래?"

"나를 안 보기는 쉽지 않을 텐데, 친구."

버트가 랄프 쪽으로 몸을 기울이며 심술궂게 말했다. 그러고는 자세를 고쳐 앉으며 자기 팬들을 향해 환하게 웃어 보였다.

"쟤 말이 무슨 뜻이야?"

랄프가 사라에게 물었다.

"나도 몰라. 아마 자기가 나온 방송을 녹화해서 학교에 들고 올 모양이지."

사라가 한숨을 내쉬며 대답했다. 그러자 버트가 얄밉게 끼어들었다.

"그거참, 기막힌 생각인걸. 사라, 얼굴은 못생겼어도 머리는 꽤 쓸 만하네."

적과의 만남

페니는 랄프나 사라가 뽑히지 못해서 너무나 실망스러웠다. 하지만 이런 속마음을 미용 도구들에게 들키지 않으려고 애썼다. 모두들 특별하게 진행될 프로그램에 대한 얘기를 하며 한창 들떠 있었기 때문이다.

특별한 촬영을 이틀 앞두고 다들 최고로 들떠 있을 무렵, 트레일러 문이 벌컥 열렸다. 문 앞에는 메그가 숨을 헐떡이며 서 있었다.

"딱따기한테 무슨 일이 일어났는지 좀 봐."

메그는 숨도 제대로 쉬지 못하고 겨우 말했다.

"무슨 일인데 그래?"

루비가 물었다.

"그러니까……."

메그는 잠시 말을 멈추고 있는 힘을 다해 목소리를 짜냈다.

"딱따기한테 무슨 일이 일어났는지 좀 보라고!"

페니와 미용 도구들이 허둥대며 거울 앞 선반 끝으로 다가왔다.

"괜찮아, 나와 봐. 얘들이 너를 도울 수 있을 거야."

메그가 부드러운 목소리로 딱따기를 달랬다.

딱따기가 천천히 문 한가운데로 와서 섰다. 몸에는 온통 시커먼 줄이 그어져 있었고, 딱따기는 부끄러워서 고개를 들지 못했다.

미용 도구들이 하나둘 선반에서 뛰어내렸다. 좀 더 가까이에서 딱따기의 상태를 살펴보기 위해서였다. 하지만 페니는 선반 위에 그대로 서서 온몸을 떨고 있었다. 제법 먼 거리였지만, 검은 매직펜의 잉크 자국이라는 걸 분명히 알아볼 수 있었다.

"딱따기야, 도대체 무슨 일이 있었던 거야?"

루비가 걱정스레 물으며 어떻게든 딱따기 얼굴에 범벅이 된 검은 잉크를 닦아 내려고 애썼다. 하지만 별 소용이 없었다.

딱따기는 대답 대신 슬픈 눈으로 선반 위에서 떨고 있는 페니를 바라보았다.

"네가 말했던 그 잘난 검은 매직펜 녀석을 만났어. 그 녀석 정말 심술궂더라."

딱따기가 힘없이 말했다.

"도대체 그 녀석이 언제 너를 이렇게 만든 거야?"

페니가 다그쳐 물었다.

"촬영이 끝나자마자. 그 녀석이 글쎄, 날마다 내 이빨을 맞부딪치는 그 기분 나쁜 사내 뒷주머니에 꽂혀 있더라고. 그런데 그 기분 나쁜 사내가 카메라를 끌 때, 검은 매직펜이 뒷주머니에서 빠져나왔나 봐. 처음엔 나도 눈치채지 못했어. 사람들이 스튜디오에서 다 나가고 나니까 그 녀석이 나한테 슬슬 다가오더라고."

딱따기가 서러운 듯 쉬지 않고 얘기했다.

"검은 매직펜 녀석, 지금 어디 있어?"

페니가 물었다.

"나도 몰라……."

딱따기가 말끝을 흐렸다. 그리고 이내 흐느끼기 시작했다.

"울지 마, 딱따기야. 모두 내 잘못이야. 내가 여기 오지 말
았어야 했어. 내가 오고 나서 프로그램이 없어질 뻔했고, 검
은 매직펜이 친구인 너희들을 공격하고 있어……. 내가 지
금 여기를 떠나는 게 최선일 것 같아."

페니가 슬픈 목소리로 말했다.

"그게 네가 진정으로 원하는 거라면……."

루비가 말을 잇지 못했다.

페니가 문을 향해 걸음을 옮겼다.

그때 메그가 페니 앞을 막아서며 말했다.

"너 뭐 하는 거야?"

"난⋯⋯ 나는 떠날 거야. 내가 여기 온 뒤로 문제만 일으키고 있잖아."

페니가 울먹였다.

"그렇지 않아. 우리 프로그램은 오래전부터 문제가 있었어. 페니, 네가 온 것하고 아무 상관도 없는 일이야. 게다가 얼마나 많은 아이들이 쿨 경관을 사랑하는지 증명할 방법을 찾아낸 것도 바로 너잖아. 네가 그 번뜩이는 아이디어를 내놓지 않았다면, 우리 모두 일자리를 잃었을 거야."

메그가 진지하게 말했다. 메그의 말을 들은 미용 도구들도 모두 고개를 끄덕였다.

"그리고 우리 프로그램을 좋아하는 어린이들을 생각해 봐. 네가 아니었다면, 그 애들이 쿨 경관을 다시 볼 수 없었을 거야."

완다도 한마디 했다.

"그래. 네가 여기 없었어도 검은 매직펜 녀석은 사방에 지울 수도 없는 시커먼 낙서를 하고 다녔을 거야."

딱따기가 이를 갈며 말했다.

"그뿐만이 아니야. 네가 검은 매직펜 녀석 쫓아내는 걸 도와줘야지. 그러기 전에는 너 아무 데도 못 가."

메그가 주먹을 불끈 쥐며 거들었다.

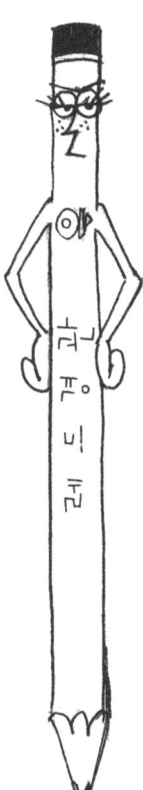

"너는 전에도 그 녀석 코를 납작하게 만들어 줬잖아. 너 없이 우리끼리는 절대 그렇게 못 할 거야. 우리가 보기보다 약하거든. 딱따기를 보면 알잖아."

"아야!"

루비가 면봉으로 딱따기를 가리키면서 실수로 눈을 찌르자 딱따기가 비명을 질렀다.

"봤지? 우리는 네가 필요해."

메그가 애원했다.

페니가 친구들을 둘러봤다. 딱따기와 메그와 미용 도구들이 간절한 눈빛으로 자기를 바라보고 있었다. 메그의 말이 옳았다. 검은 매직펜을 무찌르는 데 힘을 보태야 할 것 같았다.

"좋아. 여기 남을게. 대신 지금부터는 훨씬 더 조심해야 해. 혼자서는 아무 데도 가면 안 돼."

페니가 씩씩하게 말했다.

"알았어. 항상 짝을 지어서 다닐게."

"다른 할 말은 없니?"

"검은 매직펜을 무찔러야지. 완전히."

페니가 심각하게 얘기했다.

"우리는 뭘 어떻게 하면 돼?"

호기심 가득한 얼굴로 딱따기가 물었다.

페니는 잠시 생각에 잠겼다. 그러다 문득, 정말 좋은 생각이 떠올랐다. 전에는 왜 이런 생각을 못했을까 놀라울 정도였다.

"우리 친구 쿠조의 도움이 필요해."

페니가 환하게 웃으며 말했다.

"쿠조가 누구……? 설마 그 스탠드 괴물을 얘기하는 건 아니겠지?"

루비가 다급하게 물었다.

"이봐, 페니. 넌 벌써 잊었는지 모르지만, 그 녀석은 우리를 죽이려고 했다고. 그것도 두 번씩이나!"

놀란 딱따기가 쉬지 않고 말했다.

"그나저나 그 괴물한테 어떻게 부탁할 건데?"

루비가 물었다.

"부탁 안 해. 우리는 그냥, 검은 매직펜을 울프 씨 사무실로 유인하기만 하면 돼. 그럼 나머지는 쿠조가 다 알아서 할 거야."

페니가 친구들을 둘러보며 이야기했다.

"아!"

메그가 점잖게 고개를 끄덕였다.

"그런데 검은 매직펜을 어떻게 울프 씨 사무실로 유인할 거야?"

루비가 고개를 갸웃했다.

"그건 식은 죽 먹기야. 너희들은 내일 촬영 때까지 대본을 안전하게 지켜 주기만 하면 돼. 검은 매직펜 녀석이 절대 손대지 못하게 말이야. 나머지는 내가 다 알아서 할게."

페니가 자신 있다는 듯 환한 미소를 지었다.

페니가 식은 죽 먹기라고 말하긴 했지만, 딱따기는 자기에게 맡겨진 일을 해내느라 진땀을 빼고 있었다. 배우들과 제작진들이 점심을 먹으러 가자, 울프 씨도 메그를 들고 스튜디오를 나가 버린 것이었다. 이제 대본을 지키는 일은 온전히 딱따기의 몫이 되었다.

"검은 매직펜을 대본 근처에 얼씬도 못 하게 하면 되는 거야. 그래, 올 테면 와 봐라!"

딱따기가 중얼거렸다. 딱따기는 지금 대본과 검은 매직펜 사이에 용감하게 우뚝 서 있었다. 잉크로 범벅된 검은 매직펜의 주먹을 요리조리 피하면서.

"어이, 딸깍이! 그런다고 내 주먹을 계속 피할 수 있을 것 같아?"

검은 매직펜이 위협적으로 말하며 딱따기에게 돌진했다.

"난 얼마든지 가능하지."

뒤쪽에서 부드러운 목소리가 들려왔다.

검은 매직펜이 천천히 돌아서자, 그곳에 페니가 서 있었다.

"그동안 잘 있었나, 친구. 우리가 언제 다시 만날까 늘 궁금했는데 말이야."

검은 매직펜이 코웃음을 치며 말했다.

"글쎄, 난 취향이 자주 바뀌는 편이라서."

옛날 적수와 얼굴을 마주한 페니는 떨지 않으려고 애쓰며 당당하게 맞섰다.

페니의 경찰복을 눈여겨보던 검은 매직펜이 입을 열었다.

"옷이 아주 멋진걸. 그런데 설마 그 옷을 방패로 착각하고 있는 건 아니겠지?"

"걱정 마. 난 네 속셈을 뻔히 다 알고 있으니까."

페니가 또박또박 말했다.

검은 매직펜이 페니에게 한 걸음 다가섰다. 페니는 기가
꺾이지 않으려고 안간힘을 썼다.

"요즘 참 용감해졌어, 안 그래?"

"난 네가 두렵지 않아."

검은 매직펜이 속삭이자 페니가 당당하게 말했다.

"앞으로는 두려워하게 될 거야!"

검은 매직펜이 고함을 질렀다. 그 바람에 딱따
기는 겁을 좀 먹었고, 페니는 애써 담
담한 목소리로 말했다.

"과연 그럴까? 대본을 고치려던
네 계획은 수포로 돌아갔잖
아, 안 그래?"

"내 생각에는, 네가 그 일
과 관련이 있는 것 같은데."

검은 매직펜이 실눈을 뜨
며 페니를 다그쳤다.

"그래, 맞아. 네가 형편없
는 대사들을 지워 놓더라

고. 그래서 내가 멋진 대사들로 바꿔 줬지. 알고 보니까, 우리 둘은 손발이 아주 잘 맞더라고."

페니가 차분하게 대답했다.

"계획이 틀어지긴 했지만, 네가 어떻게 그 대본을 손에 넣었는지 무척 궁금한걸."

검은 매직펜이 눈썹을 씰룩이며 물었다.

"화가 나려고 해. 양심 없는 작가가 내 공을 가로챘잖아. 네가 망쳐 놓은 페이지들을 새로 쓴 건 그 작가가 아니라 나였는데 말이야."

페니는 일부러 검은 매직펜의 질문을 무시하며 화제를 돌렸다. 그리고 조심스럽게 단어를 골라 가며 말을 계속했다.

"하지만 너는 나보다 훨씬 더 화가 났을 것 같은데? 엉터리 대본이 되기는커녕, 네가 손을 대기 전보다 훨씬 더 멋진 대본이 되었으니까."

"흐음."

검은 매직펜은 생각에 잠겼다.

"너도 인정할 건 인정해야지. 이쯤에서 그만두면 모두에게 좋을 텐데 말이야."

페니가 의기양양하게 말하자 검은 매직펜이 페니를 매섭게 노려봤다.

"그러니까 내 말은, 계획도 실패로 돌아갔고, 이쯤 되었으면 잉크도 떨어져 갈 테고……. 현실을 직시해야지. 이번에도 네가 진 거야, 검은 매직펜."

페니가 할 말을 또박또박 마치고서 검은 매직펜의 눈치를 살폈다. 녀석의 어깨가 축 처져 있었다. 하지만 페니의 예상대로 녀석의 두 눈은 여전히 기분 나쁘게 번뜩이고 있었다.

"네 말이 맞아. 이번에는 네가 나를 이겼어, 페니."

검은 매직펜은 순순히 인정을 하더니 금세 물었다.

"그런데 대체 대본은 어떻게 손에 넣은 거지?"

"아주 간단해. 울프 씨 사무실로 들어가서 대본을 고친……."

"페니, 안 돼! 그 녀석한테 아무 말도 하지 마!"

페니가 잠시 망설이다 입을 열자 이를 지켜보던 딱따기가 다급하게 외쳤다.

"괜찮아, 딱따기야. 저 녀석을 봐. 울프 씨 사무실에 들어갈 수 있는 상태가 아닌걸……."

페니가 말끝을 흐렸다. 갑자기 어디선가 발자국 소리가 들려왔기 때문이다. 소리는 점점 가까워지더니 3번 스튜디오의 문이 벌컥 열렸다. 페니와 딱따기와 검은 매직펜은 제자리에 납작 엎드렸다. 릭과 램지가 점심 먹으러 가면서 내려놓았던 바로 그 자리에.

*

그날 밤, 딱따기가 릭의 트레일러 문틈으로 낑낑대며 기어들어갔더니 페니가 벌써부터 애타게 기다리고 있었다.

"정말 멋진 연기였어, 페니!"

딱따기가 감탄을 금치 못했다.

"그 녀석이 속은 것 같아?"

페니가 물었다.

"물론이지! 검은 매직펜 녀석, 무슨 생각을 하는지 오후 내내 완전히 넋이 나가 있더라고. 나를 공격하는 것도 잊어버릴 정도였다니까."

딱따기는 아주 신나게 이야기하다가 침을 한 번 꼴깍 삼키

고 말을 이었다.

"내 생각에는…… 그 녀석, 이제 기회만 있으면 울프 씨 사무실 문을 부수고 들어갈 것 같아."

"그러면 쿠조가 녀석을 반갑게 맞아 주겠지."

페니가 빙그레 웃으며 말했다.

13

특별 출연

어느새 버트가 촬영하는 날이 다가왔다. 랄프와 사라는
약이 올라 견딜 수가 없었다. 버트는 한창 말썽을 피우던 때
처럼, 거들먹거리며 온 학교를 휘젓고 다녔다.

수업을 마치는 종이 울리자, 버트는 제일 먼저 교실 밖으
로 뛰어나갔다. 그리고 순식간에 아이들에게 둘러싸였다.
랄프와 사라는 버트와 아이들이 모두 교실에서 빠져나갈 때
까지 기다렸다.

랄프와 사라가 터덜터덜 학교 앞 계단을 내려가는데, 자
동차 한 대가 경적을 울렸다. 랄프가 고개를 들어 살펴보니
엄마가 창문을 열고 손을 흔들고 있었다.

"우리 엄마네. 여기서 뭐 하시는 거지? 엄마는 절대 마중
같은 건 나오지 않으시는데."

랄프가 고개를 갸웃거렸다. 그때 랄프 엄마가 차창 밖으로
고개를 쑥 내밀고 외쳤다.

"얘들아, 어서 타. 가방은 트렁크에다 넣고. 깜짝 놀랄 소
식이 있어."

사라는 순순히 차 뒤쪽으로 걸어가는데, 랄프가 고개를
저었다.

"귀찮게 왜 트렁크에 넣어요. 뒷자리도 텅 비어……."

뒷좌석 문을 열던 랄프가 너무 놀라 말끝을 흐렸다. 뒷자리에 말끔하게 빼입은 버트가 떡하니 앉아 있었기 때문이다.

랄프와 사라가 서로 거북한 눈길을 주고받았다.

"버트 엄마가 전화를 했어. 버트를 방송국까지 태워다 줄 수 있느냐고. 그래서 우리 모두 쿨 경관 촬영장에 들어갈 수 있게 되었다는 말씀이지!"

"그게 뭐요……."

랄프가 버트 옆으로 들어가 앉으며 중얼거렸다.

"좋게 생각해. 버트가 나오는 장면은 아주 짧을 거야."

사라가 랄프를 따라 차에 올라타면서 말했다.

"그런데 넌 어떻게 뽑힌 거니, 버트?"

랄프 엄마가 물었다. 엄마는 분위기를 밝게 바꿔 보려고 애쓰고 있었다.

"누워서 떡 먹기죠, 뭐. 저는 그냥 쿨 경관을 좋아하는 이유를 스물다섯 자로 적어서 보낸 것뿐이에요. 그리고 뽑혔지요. 수천 명의 도전자들을 물리치고."

버트가 자랑스럽게 대답했다.

"버트 너 정말 대단하다. 랄프, 너도 저런 대회가 있다는 거 알았어?"

엄마가 랄프에게 물었다.

랄프는 대답 대신 혼자 구시렁거렸다.

"사라, 너도 쿨 경관 팬 아니야? 게다가 너는 경쟁에서 지는 법이 없잖아."

랄프 엄마가 사라에게도 말을 건넸다.

사라가 랄프를 가로질러 버트를 똑바로 쳐다보면서 물었다.

"버트, 너 정확히 말해 봐. 신청서에다 뭐라고 썼니?"

"뭐? 그건 왜?"

버트가 깜짝 놀라 되물었다.

"수천 명을 물리친 그 마법 같은 스물다섯 글자가 정확히 뭐였느냐고!"

사라가 다그치자 버트가 더듬더듬 대답했다.

"음, 너도 알다시피…… 너무 오래전 일이라 뭐라고 썼는지 기억이 하나도 안 나."

버트는 주먹을 불끈 쥐고 창밖을 내다봤다. 사라가 바로 옆자리에 앉아 있었다면 주먹으로 한 대 칠 기세였다.

사라가 버트의 뒤통수를 노려봤다. 버트의 목이 벌겋게 달아오르고 있었다. 랄프는 이상하다는 듯 두 사람을 번갈아 쳐다봤다.

랄프 엄마는 운전을 하면서 뒷거울로 계속 아이들 상태를 살폈다. 뭔지 모르지만, 분명 무슨 문제가 있는 것 같았다. 엄마는 일부러 더 환한 미소를 지으며 방송국 정문 안으로 차를 몰았다. 그리고 뒷좌석에 나란히 앉은 아이들을 향해 물었다.

"얘들아, 벌써 다 왔네. 버트, 떨리지 않니?"

"전혀요. 우리 같은 '프로'들은 어떤 경우에도 떠는 법이 없거든요."

버트가 도도한 목소리로 대답하자 사라가 토할 것 같은 표정을 지었다.

램지가 3번 스튜디오 표지판이 붙은 커다란 건물 앞에서 기다리고 있었다.

버트가 램지를 가리키며 열심히 손을 흔들었다.

"저기 봐. 우리 큰형이야."

버트가 외쳤다.

"형이 널 보러 온 거야?"

랄프 엄마가 물었다.

"그런 셈이죠. 형이 쿨 경관 프로의 카메라맨이거든요."

버트가 자랑스럽게 대답했다.

그 순간, 사라가 심호흡을 하더니 의미심장한 미소를 지었다. 랄프는 사라의 표정을 유심히 살폈다. 전에도 이런 미소를 본 적이 있었는데, 이건 분명 사라에게 어떤 계획이 생겼다는 뜻이었다. 늦어도 오후가 지나기 전에 미소의 의미가 밝혀질 거라는 생각이 들었다.

버트가 차에서 내리자, 램지가 버트 머리카락을 온통 흩뜨려 놓으며 반겼다.

"대사는 다 외웠니, 꼬마야?"

램지가 웃으며 물었다.

"식은 죽 먹기지."

버트가 대수롭지 않다는 듯 대답했다.

"읽고 나면 눈물 좀 날 거다."

버트가 랄프에게 종이 뭉치를 툭 던지며 말했다.

랄프는 버트가 준 종이 뭉치를 살펴보았다. 그것은 복사한 대본이었다. 랄프가 대본을 옆에 있던 쓰레기통에 던져 넣으려고 하자 사라가 랄프를 말렸다.

"그걸 가지고 있다가 꼼꼼히 읽어 둬."

사라가 속삭였다.

랄프는 대본과 사라를 번갈아 쳐다보면서 어깨를 들썩였다. 그러고는 대본을 꼼꼼히 살피면서 스튜디오로 걸어갔다.

＊

릭의 트레일러 안에서, 루비는 페니의 분장을 돕고 있었다.

"대사는 다 외웠니?"

루비가 씩 웃으며 페니에게 물었다.

"내가 쓴 대사인걸. 따로 외울 것도 없지, 뭐."

페니의 말투에 자신감이 배어 있었다. 하지만 금세 유감스러운 목소리로 말했다.

"단지 랄프 뒷자리에 앉는 버트 오리어리가 끔찍한 말썽꾸러기라는 사실을 보여 줄 수 있기를 바랄 뿐이야. 그래서 끝에 가서 그 녀석을 좀 혼내 줄 생각이야."

"그런다고 당장 시청률이 확 오르진 않을 텐데. 안 그래? 앗, 사람들이 오고 있어."

루비가 외쳤다.

트레일러 문이 열리는 순간, 페니와 루비는 바닥에 납작 엎드렸다. 릭과 의상 담당자들이 안으로 들어왔다. 그러더니 순식간에 릭을 쿨 경관의 멋진 주인공으로 탈바꿈시켰다. 분장이 모두 끝나자, 릭이 페니를 집어 들어 자기 셔츠

★ 229

주머니에 꽂았다.

"페니, 파이팅!"

루비가 미용 도구들이 늘어서 있는 선반에서 외쳤다.

릭과 함께 스튜디오로 향하던 페니는 어깨가 축 처져 있었다. 방송국에 오고 나서 처음 있는 일이었다. 도무지 촬영할 기분이 나지 않았다. 페니는 랄프나 사라가 특별 출연자로 뽑히길 바라면서 이 일을 계획했던 건데, 두 사람과 앙숙인 버트가 뽑혔기 때문이다. 그런데 릭이 스튜디오 문을 열었을 때, 너무나도 낯익은 얼굴이 눈에 들어왔다.

"랄프?"

페니가 목이 메어 불렀다. 고개도 절레절레 흔들어 보고, 눈도 몇 번이나 비벼 보았다. 페니는 자기 눈앞에 랄프가 있다는 사실이 도저히 믿기지 않았다.

랄프는 스튜디오 반대쪽에 놓인 작은 의자에 앉아 있었다. 두 손으로 머리를 감싼 채, 무릎에 놓인 것을 열심히 쳐다보고 있었다. 릭이 랄프에게 다가간 덕분에, 페니는 랄프를 좀 더 가까이에서 볼 수 있었다. 랄프는 실눈을 뜨고 입술을 계속 오물거렸다. 그 모습이 꼭 학교에서 사회 시험을 보기 직

전에 하나라도 더 외우려고 몸부림칠 때와 비슷했다. 릭이 한 걸음 더 랄프 쪽으로 갔을 때, 페니는 랄프 무릎에 놓인 게 무엇인지 볼 수 있었다. 그것은 바로 대본이었다.

릭의 발자국 소리에 랄프가 고개를 들었다. 그러고는 하얀 이를 드러내며 멋쩍게 씩 웃어 보였다.

"안녕하세요, 쿨 경관님."

랄프가 먼저 인사를 건넸다.

"그냥 릭이라고 불러."

릭이 환하게 웃으며 대답했다. 그러고는 고개를 갸웃하며 랄프에게 물었다.

"우리 전에 만난 적 있지 않니? 그래……, 너 랄프 맞지?"

릭이 자기를 알아보자 랄프는 좋아서 입을 다물지 못했다.

페니는 랄프 눈에 띄려고 릭의 호주머니 속에서 계속 몸을 옴죽거렸다.

"대사 외우고 있었니?"

릭이 물었다.

랄프가 대답하기도 전에 커다란 그림자 하나가 릭과 랄프 사이를 가로막았다. 그 바람에 페니는 랄프의 코앞에서 눈

에 띌 기회를 완전히 잃고 말았다.

"제 소개를 해도 괜찮겠지요? 저는 버트예요."

버트가 커다란 손을 불쑥 내밀며 말했다.

릭은 얼떨결에 버트와 악수를 했다.

"제가 바로 오늘 조연으로 출연할 어린이예요."

버트가 거드름을 피우며 인사했다.

"아, 그렇구나. 그거참……, 멋지구나."

릭이 더듬더듬 대답했다. 그러고는 버트 뒤쪽에 앉아 있는 랄프를 살폈다. 괜찮은지 걱정이 되는 모양이었다. 릭이 버트의 손을 살며시 놓고 랄프에게 다가갔다.

"그럼 너는 친구를 응원하러 온 모양이로구나, 랄프?"

릭이 물었다.

"흥, 무슨 말씀을요. 이 녀석은 덩치만 컸지 완전 애예요. 혼자 집에 둘 수가 없어서 쟤네 엄마가 할 수 없이 우리랑 같이 스튜디오로 데려온 거죠."

버트가 밉살스럽게 말했다. 그러자 랄프가 기분 나쁜 눈으로 쳐다봤다.

"너희들 형제니?"

릭이 물었다.

"그럴 리가요. 저 멍청한 녀석은 저랑 아무 상관도 없어요."

버트가 정색을 했다.

랄프는 버트를 매섭게 쏘아봤다. 하지만 자기가 제일 좋아하는 스타 앞에서 녀석과 싸우고 싶지는 않았다. 릭은 버트가 랄프를 대하는 모습을 불안하게 바라보았다.

"제 친형은 저기에 있는걸요."

버트가 램지를 가리켰다. 램지는 사라와 울프 씨 앞에 놓인 카메라 옆에 서 있었다.

때마침 사라가 고개를 확 돌리며 큰 소리로 물었다.

"버트, 누가 네 형이라고?"

그 목소리가 어찌나 큰지, 울프 씨를 포함해 스튜디오 안에 모인 사람들 모두 하던 일을 멈추고 사라를 쳐다봤다.

"바보야, 네가 지금 우리 형 바로 옆에 서 있잖아!"

버트가 으르렁거렸다.

"네 말은…… 여기 있는 분이, 그러니까 이 프로그램에서 일하는 사람이 네 형이라는 뜻이니?"

사라가 의심스러운 목소리로 다시 물었다.

"그래, 이 바보야. 도대체 몇 번을 말해야 하는데!"

버트가 짜증을 확 냈다.

"나는 분명히 여기서 일하는 배우나 제작진들의 가족은 신청서를 낼 수 없다고 들었는데."

사라가 눈살을 찌푸린 채 머리를 긁적이며 얘기했다.

"그래서, 그게 뭐 어떻다는 거야, 사라?"

버트가 더는 참지 못하고 버럭 소리를 질렀다.

"그러니까 내 말은, 네가 쿨 경관에 출연할 자격이 없다는

거야."

사라가 말갛게 웃으며 울프 씨를 향해 돌아섰다.

"그렇지 않나요, 감독님?"

사라의 말에 울프 씨 얼굴이 붉으락푸르락했다. 누군가 이래라저래라 간섭하는 걸 좋아하지 않는 데다 고작 여덟 살짜리 아이 앞에서 망신을 당한 느낌이었다.

"무엇보다도, 규칙은 규칙이니까요."

사라가 또박또박 말했다.

뭔가를 기억하거나 규칙을 지키는 데는 영 소질이 없던 페니는 사라가 더없이 멋져 보였다.

울프 씨가 성난 눈으로 버트와 그의 형 램지를 쳐다봤다. 그리고 시계를 힐끗 봤다.

"엄밀히 따지면……. 사라 양이라고 했지? 그래, 사라 양 말이 맞아. 하지만 지금 당장 촬영에 들어가야 하는데, 대신할 사람을 찾을 시간이 없어."

울프 씨가 사라를 타일렀다.

"랄프가 할 수 있어요."

사라가 재빨리 말했다. 그러자 랄프가 깜짝 놀라 고개를 번쩍 들었다.

"내가?"

"너, 대사는 다 외웠니, 꼬마야?"

울프 씨가 랄프를 꼼꼼히 살피며 물었다.

랄프가 고개를 끄덕이자 울프 씨는 랄프와 사라를 다시 한번 쳐다봤다. 그러고는 큰 소리로 외쳤다.

"좋아! 샤나, 저 어린이를 5분 안에 준비시키도록 해."

분장을 담당하는 샤나가 단박에 달려와 루비를 꺼내 들었다. 랄프 얼굴 위로 분가루가 구름처럼 뽀얗게 피어올랐다.

버트가 사라를 매섭게 쏘아보았다.

"자세히 보니까 그렇게 못생긴 얼굴은 아니지, 안 그래?"

사라가 아무렇지도 않은 얼굴로 웃으며 말했다.

"다 됐습니다!"

분장을 끝낸 샤나가 씩씩하게 말했다.

구름 같은 분가루가 가라앉자, 랄프 얼굴이 잘 보였다. 평소보다 좀 더 반짝일 뿐, 랄프의 모습 그대로였다.

울프 씨가 시계를 쳐다보며 고함을 질렀다.

"시간 다 됐어. 모두들 제자리로! 셋…… 둘…… 하나……, 애애애애애애애애…… 액션!"

램지가 딱따기를 카메라 앞으로 가져갔다. 이번에는 딱따기도 졸거나 두려움에 떨지 않고 의미심장한 미소를 짓고 있었다.

"317회, 네 번째 장면, 첫 번째 촬영."

램지가 힘없는 목소리로 외쳤다. 그리고 나서 딱따기를 내려치다가 실수로 손가락이 딱따기의 이빨 사이에 끼고 말았다. 램지는 끙끙거리며 그 자리에 주저앉았다. 너무 아파서 눈물이 날 지경이었지만, 촬영이 시작된 뒤라 한마디도 할 수 없었다.

"큭큭, 그동안 용케도 피하더니만."

딱따기가 터져 나오려는 웃음을 겨우 참으며 중얼거렸다.

촬영장은 평소처럼 경찰서 안이 아니라 공원처럼 꾸며져 있었다. 랄프가 수풀이 우거진 길을 따라 자전거를 타고 촬영장을 가로질렀다. 수풀 옆을 지나는데, 복면을 쓴 남자가 갑자기 튀어나와서 랄프의 가방을 낚아채는 장면이었다. 복면 쓴 남자는 가방은 벗겨 버리고 랄프만 끌고 가려고 했지만, 가방이 랄프 주머니에 든 뭔가에 걸려서 벗겨지지 않았다.

"컷!"

울프 씨가 고함을 질렀다.

납치범으로 분장한 남자가 랄프 가방을 머리 위로 벗겨
냈다. 화가 난 울프 씨가 랄프를 향해 성큼성큼 걸어오고 있
었다. 랄프는 겁이 나서 어쩔 줄을 몰랐다.

울프 씨가 랄프 가슴팍으로 팔을 내밀었다. 랄프는 저도
모르게 움찔하며 뒤로 물러났다. 이대로라면 울프 씨 주먹
이 날아들지도 모른다는 생각이 들었기 때문이다. 그런데
울프 씨가 랄프의 셔츠 주머니에 든 것을 살며시 꺼냈다. 바
로 레드 경관이었다.

"릭, 내가 뭘 찾았는지 보라고. 자네가 잃어버린 소품이
여기 있었군."

울프 씨가 말했다.

"그럴 리가요. 제 연필은 여기 있는걸요."

릭이 페니가 들어 있는 셔츠 주머니를 톡톡 두드리며 말
했다.

울프 씨가 릭에게 다가오라는 손짓을 했다. 릭은 마지못해
울프 씨 쪽으로 걸음을 옮겼다.

"쿨 경관에게는 이 연필이 더 어울릴 것 같은데."

울프 씨가 릭에게 레드 경관을 내밀면서 말했다. 그리고 릭의 주머니에서 페니를 꺼내며 덧붙였다.

"그에 반해, 이건……."

"어, 저건 내 연필인데!"

랄프가 외쳤다.

페니는 너무나도 행복했다. 랄프가 한눈에 자기를 알아봤기 때문이다. 페니의 두 눈에서 기쁨의 눈물이 흘러내렸다.

울프 씨가 페니를 랄프에게 돌려주었다. 그리고 레드 경관을 릭에게 건넸다.

"이제 모두 자기 연필을 찾은 건가? 그럼 다시 촬영을 시작하자고!"

울프 씨가 외쳤다. 그리고 랄프를 향해 나지막이 말했다.

"얘야, 이제 그 연필은 뒷주머니에 꽂는 게 좋겠다."

랄프는 페니를 뒷주머니에 잘 넣었다. 페니는 랄프 뒷주머니 안에서 기분 좋게 뒹굴었다.

"애애애애애애애애…… 액션!"

이번에는 램지가 딱따기를 아주 조심스럽게 카메라 앞으로 들어 올렸다. 반창고로 단단히 동여맨 램지 손가락은 욱신욱신 쑤시는 것으로도 모자라 자꾸만 부풀어 오르고 있었다.

"그렇게 기세등등하던 터프가이는 도대체 어디로 갔지? 자네 혹시 아나?"

딱따기가 비아냥거렸다.

"317회, 네 번째 장면, 두 번째 촬영."

램지가 가까스로 입을 떼며 조심스럽게 딱따기의 입을 닫 았다.

"이제야 방법을 터득했군. 막상 해 보니까 생각보다 어렵 지 않지?"

딱따기가 뿌듯한 미소를 지으며 재잘댔다.

랄프는 대본을 한 번밖에 읽지 못했지만 대사를 더듬지도 않고 아주 잘 해내고 있었다. 촬영은 카메라 상태를 점검하 느라 딱 한 번 중단되었다.

드디어 모든 촬영이 잘 마무리되었다. 랄프와 엄마와 사라 는 울프 씨와 릭과 샤나에게 작별 인사를 건넸다.

"축하한다, 랄프. 오늘 아주 잘 해냈어. 우리가 조연을 정 말 제대로 뽑았지 뭐냐."

울프 씨가 랄프에게 악수를 청하며 칭찬했다. 그리고 사 라에게도 인사를 했다.

"고맙다, 꼬마 숙녀."

사라가 또다시 의미심장한 미소를 지었다.

버트는 영 못마땅한 얼굴을 하고 저만치에 서 있었다.

"언제든지 촬영장에 놀러 와. 그리고 이건 내 전화번호야. 연기에 대해서 궁금한 게 있거든 전화하고."

릭이 랄프에게 전화번호와 사인이 담긴 사진을 건네며 말했다.

"감사합니다!"

눈이 휘둥그레진 랄프가 떨리는 손으로 사진을 받아 들며 외쳤다.

"애들아, 우리 이제 집에 가야지."

랄프 엄마가 아이들을 타일렀다. 그리고 버트를 향해 말했다.

"버트, 너는 우리랑 같이 갈래, 아니면 형이랑 집에 갈래?"

버트는 아무 대답도 하지 않고 얼굴만 잔뜩 찌푸렸다.

"제가 태워 갈게요."

램지가 다가오며 얘기했다.

랄프 엄마가 고개를 끄덕이고는 사라와 랄프의 손을 이끌고 문 쪽으로 걸어갔다.

"모두들 안녕! 잘 있어, 완다!"

뒷주머니 밖으로 고개를 내밀고서 페니가 친구들에게 인사했다.

"또 만나, 꼬마야!"

완다가 눈물을 글썽였다.

"안녕, 메그! 안녕, 루비!"

페니가 메그와 루비에게도 작별 인사를 했다.

메그는 우스꽝스러운 소리를 내며 작별 인사를 하고는 돌아서서 흐르는 눈물을 닦느라 바빴다. 루비는 너무 열심히 손을 흔드는 바람에 솔에 묻은 분가루가 사방으로 날려서 잘 보이지 않았다.

"잘 지내, 딱따기야!"

"너도 잘 지내, 페니. 편지하고!"

딱따기가 손을 마주 흔들면서 외쳤다.

페니는 스튜디오 문이 완전히 닫혀서 친구들 모습이 보이지 않을 때까지 계속 손을 흔들었다.

14

완벽한 결말

랄프 엄마는 집으로 가는 길에 태국 음식을 포장해 파는 가게에 들렀다. 멋진 오후를 기념하기 위해서였다. 게다가 사라와 랄프가 원하는 메뉴를 마음껏 고를 수 있게 해 주었다.

포장해 온 음식을 자그마치 세 접시나 먹어 치우고 나자, 랄프와 사라는 배가 올챙이처럼 뽈록 나왔다. 하도 배가 불러서 한 숟가락도 더 먹을 수 없을 정도였다.

"실컷 먹은 거야? 정말로 더 안 먹어도 돼?"

랄프 엄마가 아이들에게 물으면서 식탁을 둘러보았다. 아직도 많은 음식들이 남아 있었다. 냉장고에 보관하기에도 너무 많았다.

"엄마, 그만! 배가 터질 것 같아요."

랄프가 의자에 털썩 주저앉으며 손사래를 쳤다.

"저도요."

사라도 배를 톡톡 두드려 보였다.

랄프 엄마가 자리에서 일어나 접시들을 치우기 시작했다.
사라도 도우려고 얼른 일어섰다.

"괜찮아, 사라. 나 혼자서도 충분해. 너희들은 가서 숙제
나 마저 해."

"저기……. 엄마, 그게요……."

랄프가 말끝을 흐렸다.

엄마는 아랑곳 않고 계속 말했다.

"자, 어서. 사라 할머니랑 약속한 시간이 이제 한 시간 남

앉어. 그동안 숙제를 다 해야지. 숙제 다 하면 엄마가 사라를 데려다줄게."

"저는 이제 숙제할 필요 없어요. 앞으로 배우가 될 거니까."

랄프가 말했다.

"아, 그러세요?"

엄마가 눈썹을 치켜세우고 물었다.

"그럼요."

랄프가 자랑스럽게 대답했다.

"네가 아무리 배우가 될 거라고 해도, 숙제는 해야 하는 거야. 릭이 연기 수업을 들으면서 학교 공부도 열심히 했다고 말한 거, 벌써 잊었어?"

엄마의 목소리는 단호했다.

"그럼 저도 연기 수업 들어도 돼요?"

랄프가 눈을 반짝이며 물었다.

"물론 지금 당장 시작할 수 있지. 자, 얼른 가서 숙제 열심히 하는 착한 어린이를 연기해 보시죠, 아드님!"

엄마가 랄프 엉덩이를 토닥이며 타일렀다.

랄프는 고개를 저었다. 엄마나 사라랑 이야기할 때면, 도무지 이길 수가 없었다.

엄마가 식탁에 놓인 접시들을 깨끗이 정리하는 동안, 랄프와 사라는 가방에서 책을 꺼내 숙제할 준비를 했다.

사라가 필통에서 폴리를 꺼내 열심히 글씨를 쓰는 동안, 랄프는 몇 분이 지나도록 아직 시작도 않고 있었다. 책상 위에 쏟아 놓은 필기구들만 뚫어져라 쳐다보았다.

"너 지금 뭐 하니?"

사라가 물었다. 랄프가 하도 안절부절못하는 바람에 도무지 숙제에 집중을 할 수 없었다.

"내 연필을 못 찾겠어."

랄프가 수줍게 말했다.

"이거 말이야?"

사라가 랄프 뒷주머니에서 페니를 꺼내 건네며 물었다.

"맞아. 정말 고마워."

랄프 얼굴이 환하게 밝아졌다.

랄프가 숙제를 하는 동안, 페니는 친구들을 향해 신나게 손을 흔들었다. 폴리와 함께 책상 위에 흩어져 있던 다른 필기구들도 페니를 엄청 반겨 주었다.

30분쯤 뒤에, 랄프 엄마가 부엌에서 고개를 빠끔 내밀며 물었다.

"둘 다 배불러서 아무래도 아이스크림은 못 먹겠지?"

랄프와 사라는 연필을 던져 놓고 부엌으로 달려갔다.

아이들이 방에서 나가자, 페니와 폴리가 서로를 향해 깡충깡충 뛰었다. 둘은 얼싸안고 덩실덩실 춤을 추었다.

수정액, 맥, 지우개 얼룩이 그리고 랄프의 다른 필기구들도 전부 다가와 페니를 꼭 끌어안았다. 그러더니 서로 수많

은 질문을 쏟아 냈다.

"다시 돌아와서 얼마나 기쁜지 몰라."

페니가 감격에 겨워 말했다.

"네가 돌아와서 우리도 정말 기뻐. 유명한 스타가 되니까 기분 좋았어?"

수정액이 들뜬 목소리로 물었다. 그러자 페니가 차근차근 대답했다.

"스타가 되는 건 정말 힘든 일이었어. 그리고 나는 아직 학교에서 배울 게 많다는 걸 깨달았어. 성공을 꿈꾸면서 무작정 크고 넓은 세상에 발을 내디디면 안 되겠더라고."

"왜? 재미없었어?"

지우개 얼룩이가 질문을 던졌다.

"정말 재밌긴 했지. 우선 모든 게 아주 매력적이었어. 화장솔 루비, 촬영 신호를 보내는 딱따기, 확성기 메그처럼 좋은 친구들도 사귀었고. 하지만 힘든 일도 많았어. 촬영 전에 연습도 오래 해야 했고, 매일 밤 나에게 주어진 대사도 외워야 했지. 그러다 검은 매직펜이 나타나서 대본을 고치는 바람에……."

필기구들이 일제히 숨을 멈추었다.

"너 지금…… 검은 매직펜이라고 했니?"

도저히 믿을 수 없다는 표정으로 맥이 물었다.

"그래. 그 녀석 또다시 살아 돌아왔지 뭐야. 고양이는 목숨이 아홉 개라고 하더니, 그 녀석은 고양이보다 목숨이 더 많은 모양이야."

페니가 심각한 목소리로 말했다.

"그래서 무슨 일이 있었던 거야?"

"그 녀석이 어떻게 방송국 스튜디오에 나타났지?"

"그 지독한 녀석이 또 무슨 짓을 저질렀는데?"

다들 한마디씩 했다.

페니가 모든 과정을 차근차근 설명했다. 버트의 형이 검은 매직펜을 스튜디오로 가져온 것부터 검은 매직펜이 릭을 난처하게 만들려고 일부러 대본을 고친 일

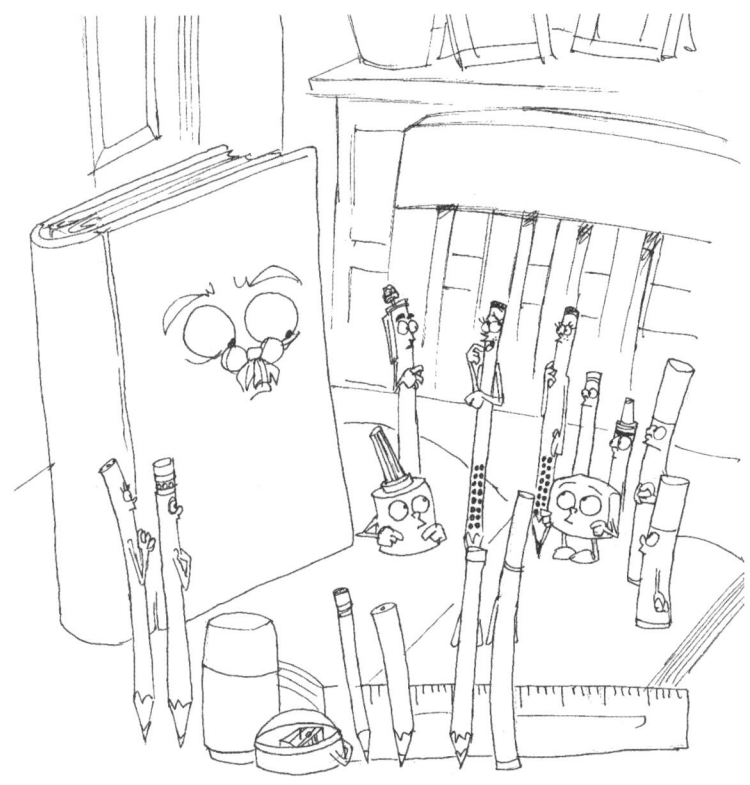

까지 낱낱이 친구들에게 들려주었다.

"그래도 릭이 해고되는 일은 없겠지, 그렇지?"

폴리가 걱정되는 듯 물었다. 정말 그런 일이 벌어지면 사라가 무척 마음 아파할 것 같았다.

"그런 일은 없을 거야. 내가 막았거든."

페니가 빙그레 웃었다.

"어떻게?"

수정액이 휘둥그레진 눈으로 물었다.

"녀석하고 맞서 싸우는 대신, 매일 밤 대본을 고쳤어."

페니가 하품을 꾹 참으며 말했다. 그동안 부족했던 잠을 보충하려면 아직도 한참 더 자야 할 것 같았다.

"그 녀석이 아직도 활개 치고 다니는 거야?"

맥은 그렇게 물으면서도 랄프네 거실 구석구석을 살피고 있었다. 어디선가 갑자기 검은 매직펜이 나타날까 봐 두려운 모양이었다.

"잘만 되면, 그 녀석 심술도 이제 얼마 못 갈 거야. 내가 덫을 하나 만들어 뒀거든."

페니가 의미심장한 미소를 지으며 말했다.

수정액이 흐뭇한 표정으로 고개를 끄덕였고, 폴리가 희망에 찬 눈으로 물었다.

"결과는?"

"사실 그것 때문에 집으로 돌아오는 걸 망설였어. 내 계획이 효과가 있었는지 없었는지 알 길이 없으니까……."

에필로그

검은 매직펜은 다시 방송국 스튜디오로 돌아왔다.

녀석은 통풍관을 타고 울프 씨 사무실 천장에 도착해, 통풍구 창살 사이로 밧줄을 하나 던졌다. 그러고는 조심조심 밧줄을 타고 내려와서 울프 씨 책상 위에 사뿐히 발을 디뎠다.

하지만 쿠조, 스탠드 괴물의 두 귀는 그 소리를 놓치지 않았다. 스탠드 괴물이 두 눈을 살며시 떴다.

"어디 있는 거지? 도대체 어디 있는 거야?"

검은 매직펜이 투덜거리며 어둠 속에서 더듬더듬 대본을 찾기 시작했다. 그러다 무언가에 걸려 넘어지며 엉덩방아를 찧고 말았다.

앗, 그 자리는 바로 스탠드 괴물의 스위치 위였다!

순간 울프 씨 책상 위가 눈부시게 환해지더니 책상 한가운
데에 반듯하게 놓여 있는 대본도 선명하게 눈에 들어왔다.

검은 매직펜은 한걸음에 달려가서 대본 몇 페이지를 넘겼
다. 그 순간 어디선가 으르렁거리는 소리가 들렸다. 검은 매

직펜은 하던 일을 멈추고 가만히 고개를 들었다. 하지만 사무실 안에는 아무도 없었다. 검은 매직펜은 고개를 한 번 갸웃하고는 다시 대본을 읽기 시작했다.

"음하하하하하. 여기 이 부분, 릭의 대사를 좀 바꿔 볼까나……."

검은 매직펜이 입가에 음흉한 미소를 지었다. 그리고는 신이 나서 모자를 휙 벗었다.

그사이 스탠드 괴물은 살금살금 다가와 검은 매직펜 등 뒤에 바짝 붙어 섰다. 으르렁거리는 소리가 좀 더 크게 들렸다. 검은 매직펜은 글씨를 쓰려다가 멈추고 얼른 고개를 들어 주위를 살펴봤다. 하지만 사무실 안에는 역시 아무것도 없었다.

검은 매직펜이 다시 고개를 숙였다. 그리고 릭의 대사를 두꺼운 검은 줄로 지워 나갔다.

"자, 이제 '무기를 버리고 두 손 높이 들어!'라는 대사 대신, 릭은 이렇게 말하는 거야……."

검은 매직펜이 대본 위로 머리를 수그리고 있을 때, 스탠드 괴물은 검은 매직펜 위로 몸을 납작 엎드렸다. 그리고 커다랗고 누런 이빨을 검은 매직펜 귀 뒤에 바짝 갖다 댔다.

스탠드 괴물이 다시 으르렁거렸다. 검은 매직펜이 고개를 드는 순간, 스탠드 괴물의 단단한 턱이 검은 매직펜을 덥석 물어 버렸다.